Gerd Spiekermann

Goh mi af!

Quickborn-Verlag

Die plattdeutsche Schreibweise ist unverändert
vom Autor übernommen worden.

ISBN 3-87651-194-1

Umschlagentwurf: Britta van Hoorn, Hamburg
Autorenfoto: NDR-Foto Gita Mundry
Gesamtherstellung: Clausen & Bosse GmbH, Leck
*Der Umwelt zuliebe
auf chlorfrei gebleichtem Papier gedruckt
und nicht eingeschweißt*
Printed in Germany

Inhalt

Ein Familienvater, welcher jahrzehntelang wegen eines sogenannten *außerordentlichen Familiensinnes* gerühmt und beliebt gewesen war und der an einem Samstagnachmittag, allerdings bei ausgesprochen schwülem Wetter, vier von seinen sechs Kindern umgebracht hat, verantwortete sich vor Gericht damit, daß ihm die Kinder aufeinmal *zuviel* gewesen sind.

Thomas Bernhard

Heff di man nich so!

Ick heet Gerd Spiekermann un ick koom ut Ovelgunn bi Braak. Mien Öllern harrn dor een Weertshuus – mit Freteree, as Vadder jümmers sä. Middoogsdisch för Schoolmester un Angestellte von de Fabrik. Strick- und Wirkwaren, up düütsch: hier wurrn witte Ünnerbüxen mookt. Weiß – Feinripp. Dat slimmste weer för us Kinner de Moondag, wenn wi von de School kemen, denn mussen wi alltiet den upgewarmten Kroom von Sonndag eten. Sonndag weer wunnerbor, aver Moondag weer't de Höll. Moondoogs harr Mudder meist nich veel Tiet un denn warm se blots up. Sonndag geev't ja foken Broden, Swiens- oder Rinderbroden, dor Kartuffeln mit Sauce un Rootkohl to. Dat geev't moondoogs ook, blots dat keem nu ut enen Pott. Ut den groden dunkelblauen Brodenpott. Dor leeg noch een lütt Stück Fleesch in – tohoop mit de Sauce. Un wiel ja de Kartuffeln sounso mit de Sauce vermengeleert ward, hett Mudder de denn eenfach in den Brodenpott mit rindoon. Doch schull se nu noch für den restlichen Rootkohl extra 'n Pott up't Füür kriegen, wo doch in den groden dunkelblauen Brodenpott noch soveel

Platz weer? Nee. Rin ook mit den Rootkohl in den Pott, so'n beten an de Siet, gegen de Kartuffeln, dor is noch Platz — un denn rup dormit up'n Herd. Doch dör dat Füür kregen de Kartuffeln un de Rootkohl dat Wannern. Dor weer wahrschienlich de Sauce an Schuld. De Kartuffeln harrn no lüttje teihn Minuten so'n gediegene rode-brune Farv annohmen, de Rootkohl harr sien rode Unschuld ook verloorn — dör de brune Sauce — un ook dat Fleesch weer nich mehr alleen. Hier harrn de Sauce tohoop mit den Rootkohlsaft ehr Sporen achterloten. Wenn nu disse ganze Pamps up'n Teller keem, denn füng de swore Arbeit an, de rootbrunen Kartuffeln lütt to kriegen. De weern dör de Saucen — Saucen! — so glischtschig worrn, dat se mi foken swupps — över den Tellerrand wegflutschen deen. Eenmol is mi ene ünnern Kökenschrank rullt. Doch disse smerige Kartuffel weer mi so wat von ekelig, dat ick se dor eenfach liggen loten heff. Wi harrn ja Müüs in de Köök, de hefft de nachts seker upfreten. Moondag — een gräsigen Dag för mi — een Festdag för de Müüs. Doch Mudder sä jümmers: nu heff di man nich so.

Nich veel beter as Moondag weer Freedag, denn freedoogs geev dat foken Fisch. Ick mag geern Fisch, overs nich Schellfisch, de ja in Soltwater kookt ward. Wenn de gor is, denn ward de enkelten Schellfischstücken ja mit'n Schümer ruthoolt, un nu schillt sick de sülverige Huut so af un dat sneewitte Schellfischfleesch kümmt to'n Vörschien, un dat smeckt no nix, blots no Schellfisch un sitt bobento ja stief vull Groden. Un wiel dat no nix smecken deit, dorum giff't dor denn meisttiets Sempsoße to. Bäh.

Ick bün ja ook nie upklärt worrn. Nee, sowat geev dat nich. Dat weer eenfach so. Dor wurd nich veel över snackt. Mit ölben Johr hett Vadder mi dorum dat eerstemol loskregen, dat ick de Koh no'n Bullen bring, dat muß langen.

Veel mehr Weert leggen mien Öllern dor up, dat wi – wenn Besöök keem – jümmers ornlich de Hand geven deen. Ganz wichtig för ehr. För mi: gräsig.

Dat muß natürlich jümmers de gode, de leve, de rechte Hand ween. De een, de druck so fast to, dat mi meist de Tronen kemen. De anner harr so'n natte kole Hand – huuh – un mien Cousine funn dat just so bekloppt as ick, dat Handgeven. Doch de Öllern bestunnen dor up: Geev ehr de Hand.

Wat ick bit vondoog nich vergeten kann, dat weer de Quaal, wenn Unkel Karl, Tant Frieda un ehr Broder Willy, wenn de kemen. Unkel Karl harr de ekelige Angewohnheit, egoolweg to hoosten. Weer nich verküllt, harr't nich up'e Lung un weer doch in ene Tour an't hoosten. He nehm overs kien Taschendook, nee, jümmers man so in de Hand rin un denn: Moin, Gerd!

Tant Frieda muß nich hoosten, de weer alltiet so

an't Sniefen un Snottern, ook ohn Taschendook, is ja klor. Un wenn se lang genoog snieft un snottert harr, denn kribbel ehr dat natürlich in de Nees: Pruust! Un denn: Moin, Gerd!

Achter ehr stund nu overs noch Broder Willy. De muß nich hoosten, nich sniefen un snottern, nee, dat weer een Buur, de meist direkt von Kohmesten keem. Dat kunnst an sien swatten Fingernägels un vör all an de grönen Hannen sehn: Moin, Gerd!

Un so güng't nu mit Hoosten, Sniefen un gröne Hannen an'n Koffeedisch un ran an den Botterkoken. Buur Willy ja glieks sien grönen Fingers ran an de Kokenplatt un sick dat gröttste Stück grepen. »Wullt ok een, Gerd?« – Huuhhh! Tant Frieda finger mit ehr Snotterhand een Stück för sick un een för Korl up'n Teller un so güng dat hen bit Klock fief. Nu muß Willy wedder los, de Keuh to mesten: Tschüs, Gerd!

Klor, ook Frieda un Korl kemen ut ehr Sessels hooch un denn wedder snief un hoost un: Tschüs, Gerd!

Doch Vadder un Mudder säen: Nu heff di man nich so.

Un moondoogs geev't jümmers upwarmt Eten: Kartuffeln, Swiensbrodensauce un Rootkohl in een Pott!

Mien Mudder kleih ja ook de Marmeladen dör'nanner. Se harr mol to'n Geburtsdag een Glasmarmeladenpott mit 'n Löpel kregen. In den Deckel weer so'n lütt Lock – un dor keek de Löpel rut. Un in dissen smucken Marmeladenpott, dor keem jümmers de Marmelade rin. Un wenn wi nu mol seggen de Eerdbeermarmelade meist upeten harrn, denn wurd een Glas mit Aprikosenmarmelade upmookt, doch de Rest von de Eerdbeermarmelade wurd nich wegdoon, nee, de bleev ünnen in de Pott in – un dor kleih Mudder nu eenfach de neje Aprikosenmarmelade röver. Un wenn disse Aprikosenmarmelade ook meist up'n Rest güng un ick een Glas mit Plumenmuus ut'n Keller holen dee, denn kleih Mudder dat Plumenmuus up de restliche Aprikosenmarmelade, wo natürlich ook noch een lütten beten Eerdbeermarmelade in weer. Un wenn nu dat Plumenmuus all weer – meist all weer – denn kunn ick een Glas mit Johannsbeergelee ut'n Keller hooln.

Heff di man nich so!

Aver mit ölben Johr druff ick to'n eerstenmol de Koh no'n Bullen bringen.

Mien Opa hett ja 320 Pund wogen. Ick heff em ja nich kennt. 39 al sturven. Blinddarm. He harr overs een Broder, de weer ganz slank un so hooch upschoten: Unkel Meinert. He is ja ook al lang doot, un över Dode schall een ja nix slechts vertellen, denn koomt ja de Fingers ut't Graff rut oder so. Over ick much em nich lieden, deit mi leed. Dat is de Wohrheit.

He weer so 'n slanken, groden Keerl, meist twee

Meter, un keek al dorum ümmer so von boben up mi lütten Pööks dool. Meist keem he an Sonndag to Besöök, to'n Koffee un Koken, denn sowat geev dat bi em tohuus woll nich. Un de harr sick dat so anwähnt, dat he veel to fröh keem, meist al so gegen twee / half dree. Koffeetiet weer bi us overs um halv veer — un solang heeln Vadder un Mudder Middagssloop. Unkel Meinert verdreev sick nu de Tiet dormit, in use Stuuv rumtokieken, of Mudder ook Stoff wischt harr. An'n leevsten much he, wenn se in de Döör rinkeem, even mit'n Finger boben över de Döörkant strieken un ehr denn sien swatten Finger wiesen. Schönen Sonndagnomiddag.

Doch ook wi Kinner harrn ünner em to lieden. Mien Süster muß jümmers bi sien Besöök den Koffee koken un ick heff denn Disch deckt.

Of dat nu Sonndag oder Alldag weer, bi us keem jümmers dat sülvige Geschirr up'n Disch — un ook dat ganze anner Weeswark, also Kokengoveln un -löpel, Zucker un Melk, dor moken wi nich veel Uphevens um. Dat hett em nich paßt. Un ganz towedder weer em, dat bi us statts een schöne Melkgüüt ut Glas eenfach man so de Libby's-Döös up'n Disch keem. Dor weern twee Löcker in to'n geten, doch foken weer de Melk ja andröögt — un denn weern de Lökker dicht. Vadder hett denn jümmers eenfach sien Kugelschriever nohmen un de wedder opensteken. Dat heff ick ook eenmol mookt — as Unkel Meinert dorbi weer. Batz, hett he mi ene langt. Ohh! Dat fund ick totol ungerecht, denn Vadder harr he bestimmt kiene langt, wenn he in de Döös rumprökelt harr.

Un wiel ick socke Ungerechtigkeiten nich goot uthooln kann, bün ick bi Vadder in'e Warkstee gohn, heff mi so'n lütten spitzen Nogel söcht, un dissen Nogel denn boben up de Döörkant rinsloon. Nich ganz, nee, so'n lütten beten keek de noch rut – un annern Sonndag hett Unkel Meinert wedder kontrolliert, of Mudder ook Stoff wischt harr.

Herrlich!

Vergeet ick nie!

Dat Unnertüüg wurd ja bi us blots eenmol de Week wesselt: sünnobends. As Kinner drogen wi ja jümmers Feinripp-Weiß. Twede Wohl ut de Fabrik. Mit lütte Fehlers. Weern dorum wat günstiger, de Ünnerbüxen. Mien eerste Tähnenbust heff ick mit fief kregen.

Ick heff ja ook al mol 'n Lock in'n Kopp hadd.

Hett een Speelkamerood mi mit'n Schupper een övertrocken. Wi harrn us kabbelt. Un dat hett blott! Löcker in'n Kopp, de blöödt düchtig.

Kann dor wat von noblieven? hett Vadder den Dokter froogt.

Dat ward sick viellicht eerst in'n poor Johr wiesen.

Dat Klo harrn wi ja achtern Huus. Nich schön in'n

Winter. Over bi sowat, heff ick faststellt, kann de Körper sick ja ganz umstellen. Up dat allernödigste Minimum.

Ick harr ja ook 'n Potentante. Tant Emma. Gottloff heff ick as Kind gor nich wuß, wat dat heet: Potentante. Tant Emma weer ja ganz krumm. Dor gifft dat een ganz wunnerbor latiensch Fackwoort vör. Dat kenn ick overs nich. Bi us heet dat blots: Tant Emma is krumm. Wenn ick Geburtsdag harr, denn kreeg ick von ehr jümmers 2,50 DM in fief Foftigpenningstucken. Söß Johr lang. Eerst weer dat veel, toletzt weer't meist nix mehr. Nix för'n Geburtsdag. För een Potentante, meen ick. Se keem overs jümmers mit ehr Foftigpenningstucken. Dat schull woll no mehr utsehen. Wenn ick een lang Gesicht moken dee, denn sä Vadder blots: Heff di man nich so.

Tant Emma kreeg ja blots een lütte Buurnrente. 17 Hektar harrn se hadd, 12 Keuh, een lütten Hoff, veer Swienen – un denn is ehr Mann sturben, Unkel Gustav, heff ick nich mehr kennt, un Tant Emma is binnen dree Monoot sneewitt worrn. Krumm weer se al vörher – un muß natürlich allens verkopen. Un denn keem de lütten Buurnrente. Doch se wull nich so alleen blieven un denn keem ick un kreeg Tant Emma as Potentante.

As ick teihn weer, is se dootbleven – un een Johr loter heff ick to'n eerstenmol de Koh no'n Bullen brocht.

Oma ehr Schotteldook

Denk ick an mien Oma, denk ick an ehr Schotteldook. Dat weer so een gries-graut Stück Tüüg mit Locker, so groot as een Stück Breefpapier. Un dat leeg jümmers rechts up den Rand von den Gotensteen. Oma harr in ehr Kööк kien Waschbecken oder een Alu-Spüle, nee, de harr noch echt groten Gotensteen mit een Pump. Ut de keem overs al lang kien Water mehr. Siet Ende de föftiger Johren harrn Oma un Opa een Woterkrohn in de Köök – mit koolt Water, is ja klor. Doch de Pump weer so smuck, de hefft se hangenloten.

Un, as ick al sä, rechts ünner de Pump, dor leeg jümmers dat Schotteldook. Un dor wurd ja *allens* mit afwischt. Eerstigmol de Disch. Wenn wi wat överkleiht harrn, denn heet dat: Tellers hooch! Un den suuß Oma ehr Hand mit dat Dook övern Disch. Klor, de bleev denn 'n beten natt, dat weer ja kien Wischvlies. Oma weer over nich so för dat Feine, mehr för dat Praktische. Wenn up den Disch de Plakkens al andröögt weern, Soße von'n Sonndagsbroden oder Fett von de Brootkartuffeln, denn hölp Oma mit 'n beten Schüürpulver no. IMI weer dat. Oma swöör up IMI. Ook as dat al lang den witten Wirbelwind un Meister Dingsbums geev, Oma bleev bi IMI. Un dor stunk dat Dook denn so scharp von. Dat kreeg ick jümmers to spöörn, wenn ick Eerdbeer- oder Schokolodensauce an'n Mund harr von den Pudding. Denn nehm Oma ehr Schotteldook un – swupps – feeg se mi mit dat kole natte Stück Tüüg dör't Gesicht un wisch mit den IMI-Rest mi de Snuut wedder rein. Ja, ja Oma weer mehr för dat Praktische.

Wat ick as Kind nich wuß: dat Schotteldook weer de afgeleggte Unnerbüx von Oma. Se droog ja jümmers so gediegene Slüpfers, de von buten so matt glänzen deen, un von binnen weern de so... *angerauht* – heet dat. Boben un an de beiden Benen harrn de een stramm Gummiband. Wat sünd de groot, heff ick jümmers dacht, wenn ick de an de Wäschelien bi Oma sehn dee. Dor paßt Oma ja tweemool rin. Weern nich chic, nee, praktisch. Tja, un wenn so een Slüpfer von all dat Koken in den groden Pott un dat Rubbeln up dat Waschbrett twei weer un ook flicken nich mehr gung, denn wurd de utmustert un as Schotteldook bruukt. Rechts up de Gotensteenrand – dor leeg dat denn, weer koolt un natt, stunk no IMI – un wehe, dat weer Sonndag.

Toletzt overs weer de Ünnerbüx so löckerig, dat se ook as Schotteldook nich mehr dögen dee, un denn – nee, de wurd nich wegsmeten, nee, denn wurd de an de Lien fein dröögt – un in'n Kökenherd verbrennt. *Entsorgt* heet dat hüüt.

Tja, mien Oma smeet denn de Heerdklapp to un sä:

So, nu is se up!

Golln Hochtiet

Dat schöönste an de Familie, find ick, dat sünd ja de Familienfiern. Dor hest du de ganze Bagoog up'n Bulten. Un du weeßt al in'n Vörn, wenn du dat achter di hest, denn büst du 'n Stück wiederkomen in't Leven.

Annerletzt harrn mien Tant Metta un Unkel Walter ehr Golln Hochtiet.

»50 Johr, Unkel Walter«, heff ick mol to em seggt. »Respekt!«

»Ja«, sä he do, »bitherto is ja jümmers blots von'n 30-johrigen Krieg snackt worrn, von'n 50 johrigen leider noch nich.«

As ick Tant Metta mol so ganz för mi alleen harr, do heff ick to ehr seggt:

»50 Johr, Tant Metta, Respekt!«

»Ja«, sä se do, »domols in'n Krieg, as wi heiroot hefft, dor kunnst du di dat nich lang utsöken. Do muß du nehmen, wat noch över weer.«

De beiden hefft dat denn ja doch up ehr Oort 50 Johr mit'nanner uthooln, un ick gloov, dat liggt dor an, wiel se beid dat Leven mit ganz egen Ogen ankieken doot.

Tant Metta lacht an'n leefsten över allens. Wat heet lachen? Dat kummt bi ehr so ganz von binnen, geiht denn in so een smerig Gejuchel över un denn sett se dor noch so'n gediegen Piepton achter.

»CCCCHHHHHhhhh- heh -heh -heh-heh-hehhheheh- uuuuiiiiihhhhh!!!«

Dat kann Unkel Walter nich. Sien Philosopie heet: »So is dat Leven, kanns' nix bi moken!«

Een poor Weken vör dat grode Fest harrn de Nobers dat ja al in de Zeitung. Mit'n Gedicht. Tosomenriemelt.

Vergohn sünd nu 50 Johr,
dat Metta un Walter wurrn een Poor.
Dat weer ja domols een swore Tiet,
to drinken geev dat blots ganz wenig Sprit.
Wi willt nu fiern bi Oltmanns up'n Sool
dorum meldt jo an bit Sonndag alltomol.
Koomt dor veel Gäst, denn sünd wi so froh,
denn Metta un Walter, de rekent mit Jo.
Half acht geiht dat los, un Musik is ook dor.
Wi graleert von Harten dat Goldene Poor.
De dorstigen Nobers

Wer sick anmellen deit, de hett glieks een groot Problem: dat Geschenk. Von de Sachgeschenken is een ja meist afkomen. Eerstigmol heet dat ja jümmers: de hefft doch allens. Un wenn se wat nich hefft, denn mookt dat ook kien goden Indruck, wenn se dat nu just up de Golln Hochtiet kriegen doot. Nee, schall de Fro sick to'n Bispill een düre Voos schenken loten, wo de Mann sien Leven lang gegenanstänkert hett, wiel he dat för rutsmeten Geld höllt? För een Mann, de sien Golln Hochtiet fiert, gifft dat so oder so kien Sachgeschenk. Schööt wi em nich een goden Füller schenken?

'n Füller? Hah, de schrifft doch nie. Kann de överhoop schrieven?

Füller, kummt nich in Froog. 'n goot Book? De un lesen? Päh. Toletzt löppt dat also doch up Geld rut. Nu kummt overs de Froog »Woveel?« Dor sünd ja all de bi in'n Vördeel, de jüst even sülvst ehr Golln Hochtiet fiert hefft. De weet ja, wat se kregen hefft. Bi de mööt 'n sick denn slau moken.

Wenn de grode Dag komen is, dat Eten – gegen half acht – up'n Disch kummt, denn, so is dat foken, sitt jümmers de tosomen, de ook anners tosomenglucken doot: de Nobers, oder de Verwandten von ehr Siet un de von sien Siet. Dor weet een, wat een hett.

Dat Eten is ja meist noch een harmlose Angelegenheit, spannend ward so een Golln Hochtiet eerst so gegen halv teihn, wenn Kööm un Beer al wat utricht hefft. Bi Tant Metta un Unkel Walter gifft't denn foken Krach bi de Verwandten.

Metta ehr Süster Hertha is jümmers noch vergrellt

up Else, denn Else is verheiroot mit Willem, dat is Jan sien Broder un Willem, den wull se egens hebben, doch Else weer fixer, un so bleef ehr bloots noch Jan, denn Lisbeth, ehr Cousine, harr sick al lang an Hemmann ranmookt, den se to Noot ook noch nohmen harr, to Noot, hett se jümmers seggt. To Noot. Doch ehr bleev bloots Jan, wat egens een hartensgoden Keerl weer, wat heet weer, is he noch, overs een beten dröög is he, Jan, de dröge Jan. Nich wat den Kööm angeiht, den mag he woll, doch wenn he so bi dat teihnte Glas anlangt is, denn kümmt em jümmers so de Mödigkeit an. Ditmol kunn he ook nich an sick hooln – batz – leeg he mit 'n Kop up'n Disch. Doch de Rode Grütt weer noch nich aufrüümt. As he denn wedder hoochkeem, schree Hertha upmol los: »Waahhhh!« Se meen, de rode Grütt weer Bloot, weer't overs nich, wat Lisbeth natürlich foorts sehn harr – un se lach los. Se hau dorbi jümmers Hemman, ehrn Keerl an, blots de tro sick nich so recht to lachen. Doch Lisbeth stött em jümmers wedder in de Siet. Dat seeg ja to schöön ut – Jan mit de rode Grütt up de Back, un Hemman wull geern lachen, un muß ook lachen, doch bi em harr sick wat von dat Bradenfleesch ünner de Tähnprotese fastsett, dat de nu nich mehr fastseet. Blots Lisbeth leet dat Stöten nich, bit dat Hemman denn doch dat Muul upreet. Ha, ha... Bi dat drüdde Ha! flogen em de Bobertähnen rut, susen över den Disch direkt bi Else up'n Schoot, de woll meen, dat weer een Muus.

»Iiiiihhhhh!!!!« gill se los un sprung up, un smeet dat Gebitt in'n hogen Bogen retour. Hemmann fung dat up:

»Velen Dank, Else«, schoov sick dat gau wedder rin un sä noch: »Schall nich wedder vörkomen.«

»CCCHHHHHHHhhhhhhh-heheheheheh-uuuuiiiiihhhhh!!!!!« keem dat nu von den Hochtietsdisch röver. Dat weer Metta. Un Unkel Walter denn ook noch gau:

»So is dat Leven, kanns' nix bi moken!«

Hertha, de jo nu hoch von ehrn Stohl, nehm een Serviette un wisch mit 'n fixe Hand de Rode Grütt ut Jan sien Gesicht. As se dormit klor weer, stund ehr de Vergrelligkeit in de Ogen schreven un se wull woll just wat seggen, as upmol een von de anner Siet reep:

»Musik!«

Un denn klungen feine Walzertakte dör den Sool. Metta un Walter moken ehrn Ehrendanz, un de ganze Sool sung mit:

»Walter, hast du Lust, Walter hast du Lust...« Willem stund gau up un nehm Hertha mit up den Danzböhn, Jan schoov mit Else dör den Sool un Lisbeht nehm ehrn Hemmann bi de Hand, de ehr stiekum sien Tähnen wiesen dee:

»Nu sitt se wedder fast.«

Twüschendöör meen Heini Bartels, he muß nu wat

to de gode Stimmung bidrägen un vertell een Witz. Een ururooln, mit so'n Boort: von de platten Höhner. Kennt Ji den?

›Fohrt een Lastwagenfahrer twee Höhner vör een Buurnhoff över. He stiggt ut, geiht no den Burrn un froogt em, of dat siene Höhner sünd. Un de Buur: Nee, socke platten Höhner heff ick nich.‹

So'n Boort, doch de Hochtietsgäste funnen den goot, sünnerlich Tant Metta:

»CCchhhhhhhehehehehuuuuuiiihhhhh!«

Un Unkel Walter foorts achterher:

»So is dat Leven, kanns' nix bi moken!«

So een schöne Stimmung, de drööv een doch so nich weglopen loten. No Heini Bartels stund nu ook Schorsch Büüs up. Ook he wull een Witz vertellen. Ook von Höhner. Ook so'n Boort. Brutalität – Legalität. Kennt Ji den? De is noch slimmer as de von de platten Höhner.

›De lütte Klaus schall de Eier ut de Höhnernester söken. As he overs kien Eier finnen deit, seggt sien Vadder: Tja, Klaus, wo de Brutalität anfangt, dor höört de Legalität up.‹

Un Tant Metta wedder:

»CCCChhhhhhhehehehehuuuuiiiihhhh!!!«

Un Unkel Walter:

»So is dat Leven, kanns' nix bi moken!«

Halv twee hefft se de gollen Krohn nohmen un de noch no Hertha un Jan brocht. De weern ja tokomen

Johr an de Tour. As se in de Stuuv seten, dor mook sick Jan bi, den Köömbuddel ut de Kook to holen. Doch he keem un keem nich wedder. No'n Viddelstunn sünd se em denn all achternostevelt. Dor seet he up de Kökenbank, den Kopp up'n Disch. Inslopen.

»Ccchhhhh-heheheheheh-uuuiiiihhhh!« Dat kunn Metta sick denn doch nicht verkniepen un ook Walter wuß sien Woort noch:

»So is dat Leven, kanns' nix bi moken!«

Hertha weer dat natürlich düchtig pienlich.

»Wenn he man nich up us egen Golln Hochtiet inslopen deit.«

Poor Doog loter stund denn avers doch in de Zeitung:

Vergohn is dat Golln Fest,
verlopen is dat allerbest.
Wi dankt de Familie Oltmanns tomool,
de so fein utsmückt harrn den Sool.
Un denn de Nabers, Frünn un Bekannten,
un willt nich vergeten de leven Verwandten.
De Muskanten, ehr dröövt wi nich ook vergeten,
de hefft den Loden eerst richtig smeten.
Schöön is de Jugend, doch ook schön is dat Alter,
velen Dank seggt Jo all Metta und Walter.

Oma Siefken

Oma Siefken is doot. 89 Johr. Biblisch. Un wenn es köstlich war oder so ... seggt de Pastor denn.

Nu koomt ja all de Troerkoorten. De mehrsten koomt ja nich von Oma ehr Bekannten. Hett ja meist gor kiene mehr, denn se is ja de letzten Johren so goot as gor nich mehr ut'n Huus ween. Nee. Wull se ook nich. De Benen. Weer jümmers bang, se kunn fallen un denn:

Oberschenkelhalsbruch, Krankenhuus, Gips, viellicht noch Rullstohl un denn ... Nee, lever in'n Huus blieven. Dorum: de mehrsten Korten hefft mit Oma Siefken nix to doon.

Wenn nich in de Zeitung stund:

In stiller Trauer ...

Un denn de Nooms von de Kinner un ehr Familen – nich de halven Korten wurrn komen. Un wat dor för'n Quatsch in so Troerkorten insteiht: nich to seggen. Ick weet dat, ick heff ja lange Tiet as Postbüdel arbeitet. Wat is los? Postgeheimnis? Hahaha.

Oma Siefken hett ja to'n Bispill een Kort kregen, dor stund in:

AUFRICHTIGE TEILNAHME
BEKUNDET FAM. TADDICKEN.

Allens vördruckt.

Taddicken, dat is een Discher. De kennt Jürgen Siefken, Oma ehrn Enkelsöhn, un as Discher bringt he natüürlich ook geern mol een poor Lüüd unner de Grund. He is ook Beerdiungsunnernehmer.

Ja, der Tod ist mein Gewinn,
wenn ich's nur nicht selber bin.

Un he will sick up dissen Weg natüürlich bemarkbor moken.

Geschäftsmann.

Noch een Bispill:

HERZLICHES BEILEID
August und Erna Schröder.

Erna hett mit Anni Carstens, geb. Siefken, no School gohn. Na, kann ween, de hett Oma Siefken noch kennt. Overs de hett bestimmt nich wußt, dat se noch leven dee. De höört to de Kategorie Lüüd, de 's morgens de Zeitung upsloot, natüürlich tooerst de Siet mit de Dodesanzeigen, un de denn jümmers seggt:

Wat, Oma Siefken, nu eerst, ick dach de weer al lang weg. Dor loot us man 'n Kort henschreven, wegen Anni. Hett mit mi no School gohn.

Oder ook socke Korten findt ick herrlich:

HERZLICHE ANTEILNAHME
bezeugt
Familie Egon Schulz nepst Frau Maria.

»*Nepst Frau Maria.*« Hahah. Nepst mit »p«.

De hefft dat just nödig. De hefft dat just nödig.

Wegen Egon nepst Maria is dat ganze ja komen. Och, dat weet Ji noch gar nich. Schall ick dat noch even vertellen?

Dat mutt nu woll so lütte fief Johr her ween – nee, nich dat ick lögen do: fief Johr un dree Monoot is dat her.

Dor harr Oma Siefken ehr Swegerdochder Anni Geburtsdag, 68 Johr. Un dat schull fiert warrn as all Johr: De Nobers koomt morgens Klock ölf to'n Tass Koffee mit een oder twee Glas Cugnac. Dorto Botterkoken. Is ja kien »RUNNEN«. In twee Johr schull 't denn ja een grode Fier up'n Sool geven.

Nu is dat siet över 40 Johr so de Mood, dat dat Geburtsdagskind rundgeiht un inloodt – so'n teihn Doog vörher. Denn hefft de Froonslüüd Tiet genoog, de Geschenken intokopen. Wat dat gifft, dat steiht ja ook fast: Wenn also t. B. *Mathilde Kortlang*, direkte Nobersfro von Anni Siefken, Geburtsdag hett, denn kriggt se von Maria Schulz mehrstiets een Kasten Praliné, Anni Siefken hett jümmers een Rökeraal ünnern Arm, den Heinz, ehr Keerl bi Aal-Jansen kopen deit, wenn he von de Arbeit kümmt. D. h.

fröher, as he noch arbeiten dee, nu mööt he dorum extra ut'n Huus. Magret Bolting schenkt een Paket Koffeebohnen, von den goden, versteiht sick, un Elli Wunderlich hoolt von'n Goorner jümmers de typische Geburtsdagsbloom, een schöne Anturie.

Un so löppt dat all Johr de Reeg um: wenn also *Maria Schulz* Geburtsdag hett, denn mööt Mathilde Kortlang de Anturie besorgen, Annie Siefken blifft bi den Rökeraal, Magret Bolting bi den Koffeebohnen un Elli Wunderlich besorgt den Kasten Praliné. Wenn *Magret Bolting* inloden deit, geiht Mathilde Kortlang wedder no'n Goorner wegen de Anturie, Elli Wunderlich is för de Pralinen tostännig, Maria Schulz besorgt de Koffeebohnen un Anni Siefken hett natürlich wedder den Rökeraal ünnern Arm. Is *Elli Wunderlich* dat Geburtsdagskind, denn kriggt se de Anturie von Magret Bolting, mit de Pralinen mookt ehr Maria Schulz een grode Freid, de Koffeebohnen kriggt se von Mathilde Kortlang un de Aal, na? Genau! De kümmt mol wedder von Anni Siefken un ehr Heinz hett den bi Aal-Jansen kofft.

So wiet so goot, blots wat mookt se, wenn nu *Anni Siefken* fiern deit? Denn geiht Mathilde Kortlang wedder mol no'n Goorner – un hoolt een Anturie, disse Bloom, wo de Wurm rutwassen deit, Elli Wunderlich kofft de Koffeebohnen, Magret Bolting den Kasten Praliné un Maria Schulz hett nu de undankbore Upgoov, mit Anni ehrn Heinz to snacken –

wegen den Rökeraal, den he ja siet Johr un Dag bi Aal-Jansen inkopen deit. Un so een Kunkelee lett sick ja nich geheem holen, nee. Anni kriggt dat natürlich mit, wenn Maria anropen deit un upmool seggt:

Kann ick denn ook noch even mit dienen Heinz snacken?

Also, ick bün seker: Anni ohnt doch bestimmt, wo dat um geiht, bestimmt ohnt se dat – oder nich? Ick meen, so ganz genau weet een dat ja nich. Ick gloov over, Anni kann sick woll utreken, wat Maria so veer-fief Doog för ehrn Geburtsdag von ehrn Heinz will. Also, dat schull mi ja een Wunner geven, wenn de nich... un denn is de ganze Geburtsdagsöverraschung natürlich in'n Mors – doch Anni lett sick ja nix marken. Dat lehrt een doch mit de Johren. Wedderhoolt sick ook ja jedet Johr. Ja, wenn nu Maria, Elli, Berta oder Magret den Aal övergeven deit, denn gifft't dor ja jümmers een lustigen Snack to. Anni hett nu den inpackten Rökeraal so in de Hand un beföhlt em, un seggt denn:

Na, wat is dor denn woll in?

Denn seggt meist een:

Dat roodst du nich! Nu rüük dor doch mol an.

Un dat deit Anni denn ja ook und röppt upmol ut:

Oohh, is dat... nee, dat is doch woll wohrhaftig kien...

Doch, is dat. Un nu ohnst du viellicht, worum ick för'n poor Doog so nödig mit dienen Heinz snacken mußt...

Un denn kickt Anni, dat hóört sick so, ehrn Keerl so gediegen von de Siet an un seggt:

Un... un ick heff al dacht... Na, wat dat woll is... Ja, dichthooln, dat kann he, mien Heinz... Hahahah.

Un dat ganze Theoter is doch, wenn een dat recht bekieken deit, allens för de Katt, denn Anni dröff al siet teihn, nee, twölf Johr gor kien Aal mehr eten: Cholesterin. Doch dat mookt nix, dor hefft se ja noch Oma Siefken för, ehr Mudder, de je bi ehr wohnen deit. Twors is se al siet Johr un Dag nich mehr buten ween — von wegen Oberschenkelhalsbruch, Krankenhuus, Gips, Rullstohl un denn... Doch mit Cholesterin hett se kien Last, dat heet, se is noch nie ünnersöcht worrn, un dorum vertehrt se jedet Johr up Anni ehrn Geburtsdag den Rökeraal — 's ovends, wenn de Froonslüüd weg sünd. Hett se doch ook wat. Doch nu kummt dat Mallör. As Anni för fief Johr un dree Monoot wedder mol Geburtsdag harr un Maria an de Tour weer över Anni ehrn Heinz den Aal to besorgen, do harr se sick so een upsackt, dat se mit Fevers to Bett leeg un sülvst nich bi Anni anropen, ehrn Heinz verlangen un em beden kunn, den Aal intokopen. Also hett se dat mit'n ganze heesche Stimm ehrn Mann verkloort. De hett dat overs woll in'n verkehrten Hals kregen un hett, as Mannslüüd so sünd, eenfach to Anni seggt:

Kannst du Heinz even seggen, dat he wedder dissen Rökeraal for dien Mudder kopen deit. De twölf Mark föftig kriggt he denn up dien Geburtsdagsfier direkt von Anni. Ick nehm an, dat se denn wedder benig is.

Dor weer ja wat los! As Maria up de Geburtsdagsfier Heinz so bi Siet nehmen un em anhauen wull:

Wo hest du den Rökeraal – hier sünd de twölf Mark föfftig.

In dissen Momang kunn Anni ja nich an sick hooln:

Sowat heff ick ja in all de Johren noch nich beleevt. Du kannst di dien Aal an'n Hoot steken. So een Geschenk will ick nich hebben. So een afkoort Spill. Allens is mi verdurven... un so wieder. Un denn hett se denn Aal nohmen, hett em up de Grund smeten un dor solang up pett, bit de Aal platt un fein smerig up den Footbodden verdeelt weer. Ut weer't mit de Geburtsdagsfieree.

Anni is natürlich mit een hoochroden Kopp ut'n Huus rennt un hett ehrn Keerl so anbölkt, dat ehr Stimm binnen teihn Minuten wedder weg weer un se blots noch so japst hett.

An Oma Siefken hett in dissen Momang natürlich kieneen dacht. De hett blots dat Papier dor up de Grund sehn.

De schöne Aal, hett se jümmers wedder seggt, de schöne Aal.

Un denn is se upstohn von ehrn Stohl un wull dat Papier mit den platten Aal upkriegen, is dor overs bi up den ganzen Smeerkroom utgleden. Rums leeg se up de Grund, kunn sick nich mehr rögen, de Dokter muß komen – Diagnose: Oberschenkelhalsbruch. Also rin in't Krankenhuus, Gips, denn in'n Rullstohl un wedder no Huus. Tja, un dor hett se denn in seten un hett in ehrn Rullstohl noch allerlei von de Welt sehn – fallen kunn se ja nu nich mehr – bit anner Week, as se dootbleven is: Lungenentzündung. Kien Wunner – bi Anni stund ja ook jümmers dat Finster open.

Tja, un wenn ick denn so een Kort lesen do:

HERZLICHE ANTEILNAHME
bezeugt
Egon Schulz nepst Frau Maria

denn mööt ick seggen:

Nee, so eenfach kann een sick dat nich moken.

Een Kranz harrn se doch tomindst an wennen kunnt.

As Postbüdel ünnerwegens

Wenn du dien Arbeit as Postbüdel goot moken wullt, denn möößt ja fix Bescheed weten in de Hüüs. Nehm doch blots mol t. B. dat neje sößstöckige Huus in miene Tour. Wenn du di dat Klingelbrett mol so ankieken deist, denn is dor nich een Noom dubbelt. Is doch schön för een Postbüdel, denkt ji, kann he nix verkehrt bi moken. Stimmt. Overs du möößt liekers ja so uppassen, wenn du de Lüüd ehr Breven tostellen deist.

Dor steiht t. B. annern Morgen ünnen an de Trepp Fro Malkowski ut'n tweten Stock – Elfriede Malkowski, un de höllt mi de Döör open, dat ick an de Postkastens rankoom. Ick will mi denn ja so ganz up Postbüdeloort bedanken und söök ehr al ut mien Stapel för dit Huus ehr Breven un Korten rut – dat se nich eerst den Slötel för ehrn Kasten ruthooln mööt. Un dor is mi een ganz lütt Mallöör bi passeert. Se kreeg een Ansichtskoort von ehr Deern, de mit een Pauschalurlaub von Neckermann up Teneriffa weer. Sowiet so goot. Doch an ehr Ansichtskoort kleev *noch* een Kort, weern so tosomenbackt, blots dat Motiv up disse Kort weer noch wat gefälliger, un de weer ook von ehr Deern, ook von ehr Neckermann-Pauschaltour no Teneriffa, doch de güng an Peter Brockmann ut'n föften Stock, wat ehr Macker is, dorum dat gefälligere Motiv, de overs kien Urlaub kregen hett, seggt he, un dorum nich up de Neckermann-Pauschalurlaubsreis no Teneriffa mitfohren kunn. De Wohrheit is overs anners, doch dat vertell ick jo loter. Also, dat weer ja allens noch nich slimm, overs Peter Brockmann, de hett een Broder, Jochen, de is bi de Hoochbohn – Kontrolleur – een ehrboor Arbeit, ohn Twiefel, un Elfriede Malkowski hett ook gor nix gegen Jochen, blots se hett in'n drüdden Stock een Fründin wohnen, Alwine Puttfarcken, Tant Wine, as de Kinner fröher jümmers seggt hefft, un Tant Wine hett een Deern, Sigrid. Sigrid, de harr ja fröher mol een Oog up Peter smeten, Peter, dat is de Broder von Jochen, de von de Hamborger Hoochbohn, un disse Peter de wohnt in'n föften Stock un is de Macker von ehr Dochder, de em just de Kort mit dat gefälligere Motiv schickt hett – von Teneriffa, vonwegen Nekkermann-Pauschal. Elfriede Malkowski ehr Dochder heet Almuth – heff ick dat al seggt? Nee. Almuth – mit »th«. Un twüschen disse Almuth mit »th« un Sigrid, Tant Alwine ehr Deern, dor is upstunns natürlich kien gode Stimmung, wiel doch Peter fast to Almuth mit »th« steiht un von Sigrid nix weten will. Och, seggt ji viellicht, bi junge Lüüd verlöppt sick dat. Hah. Nu kümmt ja noch de kriminelle Faktor.

Sigrid, de is so ja sowat von achter Peter an, nich to seggen, un probeert up jede Oort an em rantokomen. Nu hett se sick ganz wat Achtertücks utdacht. Peter hett ja, as ji al weet't, noch een Broder, Jochen, de mit de ehrbor Arbeit bi de Hoochbohn, un wenn nu in de Bohn oder in een U-Bohnhoff Kontrolle is, denn kickt Sigrid jümmers, of Jochen sien ehrbor Handwark as Kontrolleur nogeiht, un denn stellt se dat alltiet so an, dat se em ehr Monootskoort wiesen mööt, blots, dat se mit em över Peter in'n Snack komen deit. Dat will Jochen overs nich un he weet ook ja ganz genau, dat se een Monotskoort hett, doch he mag ja nu nich eenfach so seggen:

»Weitergehen, Ihre Karte ist gültig«.

Denn Sigrid leggt dat dor up an, mit em över Peter to snacken un ruttokriegen, wo em dat geiht un of he noch jümmers mit Almuth, de mit »th« gohn deit, un dorum deit se nu jümmers so, as wenn se gor kien Fohrkort hett, se deit so, as wenn se Swartfohrerin is, stellt jo dat vör. Un wenn een seggt, he hett kien Kort, denn kann Jochen doch nich seggen:

»Weitergehen, Ihre Karte ist gültig.«

Dat kann un mag he darum al nich doon, wiel he, wenn he ehrlich is, un Kontrolleure sünd ehrliche Minschen, also wenn he ehrlich is, mööt he sick ingestohn, dat he egens een Oog up Sigrid smeten hett — un dat nu also so utsüht, dat nich blots Sigrid gegen Almuth mit »th« afgunstig is, nee, ook Jochen is afgunstig gegen sien egen Broder Peter, un dorbi weer dat ja allens so eenfach, doch so eenfach is dat nich, dat hett ook Elfriede Malkowski to spöörn kregen, denn Alwine, Tant Wine un se hefft dor natürlich över snackt – över ehr Kinner – as 't to loot weer. Denn nu kümmt noch een kriminellen Faktor: to de Neckermann-Pauschalreise no Teneriffa fehl Almuth mit »th« noch een poor Mark un hett dorum ehr Mudder anhaut. De weer overs ook just klamm un hett in ehr Not, wiel se disse Reis ehr Dochder Almuth mit »th« ja möglich moken wull, also in ehr Not hett se Alwine angohn un de hett ehr ook mit een poor blaue uthulpen. Doch knapp harr Almuth ehr Neckermann-Pauschalreise no Teneriffa bucht, hett Sigrid dor Wind von kregen, un hett ehr Mudder dat vörsmeten, se harr ehr nu allens kaputtmookt, un nu harr se seker kien Chance mehr an ehrn Peter rantokomen. Dor harr se ja recht an. Alwine hett dat natürlich Elfriede vertellt, as ick al sä, as't to loot weer, un se sünd in'n Striet ut'nannergohn. Dat weer ja dat allerslimmste för Peter, denn de wull ja an'n leefsten mit sien Almuth un ehr »th« no Teneriffa flegen, blots bi em seeg dat mit dat Lüttgeld ook nich veel anners ut as bi Sigrid, un he wull nu ook sien Mudder anpumpen, doch de harr dat al leed doon, dat se Almuth över Elfriede Geld borgt harr un hett blots seggt: Nee! Un dorum hett, as ick ja al in'n Anfang vertellt heff, Peter seggt, he harr kien Urlaub för Teneriffa kregen. Logen, glatt logen. Dat hett Almuth ehrn Peter natürlich för övel nohmen — un is in'n vergrellten Kopp no Teneriffa flogen — Neckermann-Pauschal. Un so is dat komen, dat allens verdurven is in dat Hoochhuus ünnen an de Stroot: Elfriede is mit Alwine över Krüüz — wegen dat Geld. Sigrid hett ehrn Peter nich kregen, Jochen sien Sigrid nich, Almuth is Teneriffa verdurven — un nu is disse Kort von Almuth an Peter komen. Tja, wenn een doch blots wuß, wat dor upsteiht. Ick meen, ick lees kien Urlaubskorten, fallt mi ja gor nich in, un dat de beiden Korten tosomenbackt sünd, also, dat deit mi echt leed. Schall ook bestimmt nich wedder vörkomen.

Overs hefft Ji markt, wo gau en as Postbüdel wat verkehrt moken kann?

De Dood

Wenn een, so as ick, denn veertigsten Geburtsdag al achter sick hett, denn kümmt dat ja so, dat een ook al mol över den Dood nodenken deit.

Also, wat mi angeiht: ick much ja an'n leevsten batz doot umfallen oder morgens eenfach nich mehr upwoken. Wenn't sowiet is, meen ick. Noch ja nich. Doch een kann sick dat ja leider nich utsöken. Overs, kiek mol, Korl Oltmanns, de hett dat ja so hadd: seggt ovends »Goot Nacht!« – un denkt sick dor nix bi. Wenn de wußt harr, dat weer dat letztemol, de weer doch bestimmt noch een Stunn länger upbleven un harr Fernsehn keken. Dat weer ja sien een un sien all.

Doch den Ovend kruppt he no de Tagesthemen in de Puuch. Dor keem noch so'n olen *Tatort*, de mit Nastassja Kinski, den se egoolweg wedderhoolt, un den harr he ook al dreemol sehn.

Doch knapp weer he doot, dor güng dat ja los mit de Arveree. Upmol weern se ja all dor, ook de, de em fröher nichmol to Wiehnachten een Kort schreven hefft. Ja, dat Geld, dat treckt. An'n slimmsten hett sick ja sien Broder anstellt. De ganze Wohnung hett de döörwöhlt un egoolweg hett he schreet: Dor mutt wat ween, dor mutt wat ween!

Toletzt hett he ja dat grode Kökenmest hoolt un de Matrazen upsneden. Dat hett stoben! Un funnen hett he liekers nix. Denn dor weer nix. Korl harr sien Geld al lang sien Dochder vermookt. Ja, de harr 'n Dochder, nee, nich mit sien Fro, mit sien Swägerin in Frankfurt. Dat hett ja meist nüms wußt, overs mi hett he dat vertellt.

»Kannst du swiegen?«

»As een Graff. Dor verloot di to.«

Overs Korl sien Dood: eenmolig.

Wenn dat mit mi mol sowiet is, denn much ick dat ook so hebben, un ick bliev ook bestimmt wat länger up. Un wenn de leve Gott just 'n goden Dag hett, denn much ick nu al mol anmellen, dat ick mi no de Tagesthemen geern noch'n schönen Film ankieken do, mol seggen *Casablanca*.

Doch ick glööv ja nich, dat'n sowat bi'n leven Gott bestellen kann, un *Casablanca* al gor nich. Disse Film, heff ick kortens leest, de is al 25 mol in't Düütsche Fernsehn wiest worrn, un ji weet ja: **Der liebe Gott sieht alles.** De kann doch bestimmt al all de Dialoge ut'n Kopp mitsnacken. Nee, de seggt wohrschienlich to mi: 'n Film kannst du sehn, doch ick segg di, wecke dat is: *Ben Hur*.

Doch de geiht ja över dree Stunnen un denn sloop ick doch al vör de Tiet in.

Nofrogen

Wat mi rammdösig moken deit, dat sünd Lüüd, de egoolweg nofrogen doot. Mien Oma t. B., de harr dat ook jümmers so mit dat Nofrogen. Wenn ick ehr sonndags to'n Koffie afholen dee, denn sä se meist: »Gerd, sluut achtern even de Döör af.«

Dat dee ick denn. Wi weern noch kien twintig Meter von ehr Huus weg: »Gerd, hest' achtern ook afslaten?« »Heff ick, Oma.« Fief Minuten loter: »Gerd, wi hefft vergeten, achtern aftosluten.« »Heff ick doon Oma.« So denn noch dreemol bit fiefmol den Nomiddag dör.

Slimmer weer ja Vadder. Middoogs, mehr so in'n Vörbigohn heff ick em vertellt, dat ick in de letzte Mathearbeit 'n FIEF harr. Mathe weer ja nich just mien Ding. He harr dat woll hörrt, hett overs nix seggt. Bi't Eten schall een ja nich so swore Themen verhanneln. Denn overs so 'n Stunn loter: »Na, wo is de Mathearbeit utfullen?« Na ja, muß ick dat ja nochmol vertellen. Un denn no 'n Obendbroot, wenn ick noch even den Krimi ankieken wull: »Wat harrst du man noch in de letzte Mathearbeit?«

Un wi harrn ja noch Unkel Jan, de jümmers so vergeten dee, dat overs gor nich weer: »Segg mol, Gerd, wennehr fohrst du denn endlich mit mi in't Koophuus, dat ick mi'n nejen Mantel koop.«

»Sünnovend, du ole Döösbattel. Mark di dat doch mol. Sünnovend!« — »Unkel Jan, Sünnovend, glieks no'n Fröhstück.« An'n leefsten harr ick em ja anbolkt: Sünnovend, Sünnovend, Sünnovend — doch dat mugg ick nich doon. Ick harr ook Oma geern mol een topuult: Nee, Oma, ick heff nich afsloten. Extra nich. Dat ook mol de velen Verbrekers, de wi up de Noverschup hefft, dat de endlich mal freen Togang to dien Huus hefft. De stehlt di denn bestimmt de Pennings un Groschens ut de Zuckerdöös oder se breekt di de Stuuv up un smiet den Porzellanschäferhund up de Grund, dat he in dusend Stücken flüggt.

Un to Vadder harr ick an'n leefsten seggt: Ick kann di dat ook schriftlich geven, dat ick in Mathe 'n Fief heff. Bit fief tellen kann ick noch. Ganz so dösig bün ick nich, möößt du weten. Dat geiht ja noch slechter. Stell dir vör, ick harr 'n SESS in de Mathearbeit hadd. SESS — ungenügend. Wat denn? Denn harrn ji ja woll endlich insehn, dat up mi kien Verloot is, un denn harrn ji endlich jo Achterdöörn sülvst afsloten un weern alleen loosgahn, 'n Mantel to kopen.

Ja, harr ick geern seggt, heff ick overs nich. Egentlich schood, nich?

Eet't man all up!

As ick Kind weer, do much ick an'n leefsten bi Opa up'n Schoot sitten un mi wat von em vertellen loten. Un een Geschicht hebb ick woll twintig, nee, hunnertmol von em höört. No sien Kofirmation hett Opa sick as Knecht bi een Buurn besteedt. Annerswat geev dat för Jungs as em nich. Se weern acht Kinner tohuus un sien Mudder hett ja woll teihn Johr in'n Rullstohl seten. Een Lehrstee – nee, gor nich an to denken. He keem bi'n Buurn – un muß mit een annern Knecht tohoop in een Bett slopen. Se kunnen al tofreden ween, dat se överhaupt een Bett harrn. Dotiets slepen de Knechten foken noch up de Hill, dat heet in'n Stall över de Keuh.

Wenn Opa Geburtsdag harr, denn geev von den Buurn jümmers datsülvige Geschenk: een ruug Taschendook un een Stück Seep. Jedet Johr.

Dorbi – Opa harr't nich slecht bi de Buurn – ook wat dat Eten angeiht. Dat geev ja meist genoog, blots foken keem een poor Doog no'nanner datsülvige up Disch: Bohnen, Arfken, Kartuffeln. Fleesch? Af un an mol sonndoogs een lütt Stück un mol wat von't

Swien: Snuten un Poten. Un eenmol, vertell Opa denn jümmers wedder, harr dat an een Fierdag sogor Nodisch geven: Pudding. He möôt ja woll so grode Ogen mookt hebben, daß de Buursfro em froogt hett:

Kriggst' dat anners denn gor nich?

Nee, harr he do seggt, un se harr em denn de ganze Puddingkumm röverschoven:

Denn eet't man all up.

Doch as ick annerletzt de Zeitung upsloog, wat stund dor to lesen:

Wo eine Suppe zum Erlebnis wird. Dat weer een Reportage ut den Hamborger Stadtdeel Grootloh.

Dor koomt Kinner in 'n Kinnergoorden un sünd totol utsmacht, wiel de Öllern arbeitslos sünd un kien Geld hefft, ornlich wat to'n Eten to kopen.

Bi Middageten haut de rin, as wenn se dree Doog nix hadd hefft.

Mol hett dat in den Kinnergorden frische Ananas geven. Dor hefft de Lütten noch no dree Doog von snackt.

Un een Jung von veer Johren hett no een Teller Melksupp seggt:

Sowat Schööns heff ick noch nienich eten.

Dor heff ick an mien Opa un den Pudding bi dacht:

Kriggst' dat anners denn gor nich?

Nee.

Denn eet't man all up.

Blots de Jung hett sien Melksupp vör een poor Doog eten, Opa sien Geschicht von den Pudding, de is al hunnert Johr oolt.

Stratenmusik

In Hamborg, wenn du dor een Ohr för hest, dor klingt meist von all Sieden Musik – Stratenmusik. Dor kratzt een up sien Fidel – flott un modern, an de anner Eck steiht een junge Fro, de klassische Stücken up de Querfleut spelen deit – wunnerbor, un bi de groden Lodens in de Mönckebergstroot, dor hefft sick foken fief Südamerikoners upboot. Buntklöört Tüüg hefft se an, as wenn se direkt ut de Anden koomt un denn speelt se up ehr Trommeln, Gitarren un Pan-Fleuten *El condor pasa* un *Guantamera*. Duurt nich lang un een von ehr Kinner geiht mit een lütte Blickdöös rum un sammelt Geld in – un de Lüüd umto geevt – nich all, overs doch teemlich veel.

Ick geev ook jümmers, wenn ick Stratenmuskanten bemöten do. K'weet egens gor nich so recht, worum. Viellicht liggt dat dor an, dat ick sulvst keen Instrument spelen do. Spelen kann, um ehrlich to ween. Klor, den Sneewalzer up mien oolt Akkordeon, den mag ick woll noch so even henkriegen, man up mien Gitarr kenn ick blots dree Akkorde: e-moll, a-moll un d-dur. Dat is't denn ook al.

Un wenn de dor nu so stoht un speelt, as weer dat nix, noch dorto up de Stroot, buten bi Wind un Weer, denn ward mi so anners, so'n beten wehmödig. Harr'k doch as Kind mehr öövt – nu is't to loot. Ick weet nich, overs up ene Oort bewunner ick disse Muskanten – un dorum kriegt se wat von mi.

Doch annerletzt stund dor vör mien U-Bahnhof een jungen Keerl mit 'n buligen Hoot, de harr een Trummel vör sick stohn. Blots een Trummel. Dor hau he denn mit'n Stock up un sung: *Meine Oma fährt im Hühnerstall Motorrad, Motorrad...*

Stellt Jo dat vör. Den heff ick nix geven. Dat is doch keen Kunst.

Un annern Dag stund he dor noch jümmers:

Meine Oma fährt im Hühnerstall Motorrad...

Nix. Kien Penn. Doch denn keem de drüdde Dag. As he mi komen seeg, dor sloog he wedder up sien Trummel:

Un dann hau ich mit dem Hämmerchen mein Sparschwein, mein Sparschwein – kaputt!

Un dorbi hett he mi so... so ganz gediegen ankeken, un ick heff em twee Mark in sien Döös rinsmeten. Ick weer ganz seker: Dit Leed, dat hett he ganz alleen för mi speelt.

Geven is seliger…

De Jungfernstieg in Hamborg, dat is een schöne Stroot. Dor gah ick gern mol langs un kiek um mi to. Doch jümmers sitt dor bi dat een Koophuus so'n Keerl in afreten Tüüg. So'n lütt Pappschild hett he up de Kneen. Un dor steiht denn up, dat he arm is oder dat he just ut'n Knast kummt oder dat he kien Arbeit hett. Kort: he will mien Geld hebben. Ick schall em wat in sienen Hoot doon oder in de lütte Zigarrenkist. »Danke«, steiht dor denn ook noch an to lesen.

Wenn ick an socke Minschen vörbi mööt, denn geiht mi dat slecht. Denn krieg ick Magenpien. De sitt dor un bedelt mi an – un ick will em nix geben. Worum schull ick em ook wat geven? Mööt doch nüms mehr smachten bi us. Dat gifft doch Sozialhilfe, mit Geld för't Eten, för Tüüg un sogor för de Miete. Ward allens betohlt. De will blots mien Geld hebben, dat he smöken un supen kann. De kenn ick, socke Brüder. Goh mi af!

Up de anner Siet: wer weet, wat de al all döörmookt hett in sien Leven. Freewillig sitt de seker nich up dat kole Strotenplooster von den Jungfernstieg un bedelt. Minsch, wenn ick dor nu sitten muß! Gott nee. Un stell di vör, dor kummt een vörbi, de di kennt. Un snackt di viellicht noch an:

»Gerd, büst du dat wohrhaftig? Geiht di dat so schofel, dat du de Lü anbedeln mußt?«

Nich uttodenken sowat.

Ick wurd ja woll vör Schoom vergohn. Dorum kunn ick em ja egens ook wat geven. Twee Mark? Nee, fief Mark. Dor kann he sick twee Wust for kopen.

Denn is he satt bit vonovend hen. Oder schull ick em gor teihn Mark… 'k meen, fief Mark is ook al wat, un ick verdeen mien Geld ja ook nich in'n Sloop, ick mööt dor för arbeiten, kann nich den ganzen Dag blots rumsitten. Mi gifft ook nüms wat. Nee, 's morgens heet dat: rut ut de Puuch un ran an't Wark. Vonwegen, sick up anner Lü verloten. De denkt seker: Wat sünd de annern all bekloppt, dat se sick den Dag över afmaracht. Dat geiht doch ook so: een lütt Pappschild, een Hoot un dorto een armselig Gesicht moken. Dor kann nüms gegenan. Dor röögt sick dat Mitgeföhl. Un dat höllt nüms ut, wenn dor een so liggt, un denn geevt se wat un meent, se helpt den Keerl dor, un dorbi helpt se blots sick sülvst. Mit 'n Mark koppt se sick een rein Geweten. Dat weer fröher al so. Dor menen de Minschen, de leve Gott kunn mol as Bedelmann komen. De wull kieken, wo dat mit de Barmhartikeit von de Minschen steiht. Un wehe, du hest em denn nix geven! Dor gloov ick ja nu nich an. Un doch, wat mook ick nu mit den Keerl dor up de Stroot? Geev ick em wat – oder nich? Na ja, fief Mark, dat deit mi nich weh…

Ick griep in mien Taschen un… ick heff gor kien Lüttgeld bi mi. Ja stimmt, heff ick just in'n Zigarettenautomot smeten. Nu heff ick blots noch Papiergeld. Un teihn oder twintig Mark, dat is denn doch woll 'n beten rieklich. Schood, ick harr em geern wat geven, den armen Mann. Annermol viellicht.

Ohr

Kortens harrn wi ole Frünnen to Besöök, Gisela un Hannes, un as dat so is bi ole Frünnen, een snackt ook över ole Tieden. Un an'n leevsten över ole Bekannte, wat de nu mookt un wo de afbleven sünd.

Hannes, segg ick, hest du kortens mol wat höört von Jochen Backhus, weeßt doch, Jochen mit dat scheve Ohr.

De harr een scheev Ohr, links, also bi em stund bloots een Ohr af, nich twee as bi annern.

Ja, klor, de wohnt nu in Bremen un hett een Loden för Hörgeräte...

Is nich wohr! Ick denk, he hett sick sien Ohr operieren loten...

Hett he ook. Güng bi't eerstmol overs scheev...

Wat heet dat? Hefft se em dat rechte Ohr ook scheev mookt?

Nee, seggt Gisela, dat stund achterher noch mehr af as vörher. He denn ja kloogt, hett ook recht kregen un nohst wedder in't Krankenhuus. Nochmol ran un siet de Tiet backt dat Ohr so batz an'n Kopp, süht ook nich schöön ut. Steiht nu dat rechte Ohr af. Hefft se all seggt: Jochen, segg mol, hett nich fröher dat anner Ohr afstohn? Wannert dat nu von ene Siet no de anner oder wat?

Weer he ja ganz vergrellt un is no Bremen gohn...

Un hett in sien Vergrelligkeit den Loden mit de Hörgeräte upmookt?

Nee, dat keem von sien Fro. De ehr Vadder harr dissen Loden al siet lange Johren un wull up't Olendeel...

Quatsch, geiht nu Hannes dor gegen an, de Ool is doch dootbleven. *Hörsturz.*

Gor nich wohr, dor bliffst du nich an doot. Is ja ook egol, Jochen hett nu den Loden...

Nix, sien Fro hett den Loden, he hööört dor blots mit to...

Ja, segg ick noch so, wo föhlt he sick denn in dit Geschäft, wo he ja nich mit tohöört?

Och, seggt Gisela, egens ganz goot...

Dumm Tüüg, kümmt nu Hannes hoch. He kann de Wöör *Hörgerät, Hörrohr, Trummelfell, Mittelohrentzündung* un dat Stöhnen von de Lüüd: *Ick höör so slecht,* he kann dat nich mehr höörn.

Ick höör hier nich her, hett he een poormol seggt un will nu ganz uphöörn, wat anners moken.

So, wat denn?

He ward Vertreter för Ohrenschützer.

Horoskope

Ick heff ja bit nu nix up Horoskope geven, also de ut de Zeitung, meen ick. Dor ward ja so in dree Wöör seggt, wat di de Dag bringen deit. **Beruf**: *Heute werden Sie nochmal voll gefordert.* Bi **Geld** heet dat: *Denken Sie an den Kontostand.* Un denn dat wichtigste, de **Leevde**: *Wer nichts riskiert, kann auch nichts gewinnen.*

Na ja, dat heff ick al nienich eernst nohmen. Bit nu! Denn nu heff ick wat beleevt, dat hett mi ganz nadenkern mookt. Dat keem so: ick muß ja för een poor Doog in't Krankenhuus, wiel mi bi't Heimwarkern een lütten Metallsplitter in't Oog flogen is.

Ick höör al den een oder annern seggen: Wat? Hest du kien Schutzbrill uphadd? Bi sowat mööt een doch een Schutzbrill drägen.

Ja, bi sowat mööt een doch een Schutzbrill drägen! Wat de Lüüd al klook sünd – achterher! Nu weet ick dat ook un heff nu, wenn ick bloots een Homer in de Hand nehm, jümmers de Schutzbrill up.

Over ick will jo ja wat ut dat Krankenhuus vertellen. Ick ligg dor ja nu, frisch operiert – un de Splitter is dor noch in. Nich so licht ruttokriegen. De Dokter sä overs: »Wenn he sick nich röögt un fein inkapselt, denn kannst' em mit no Ohlsdorf nehmen.« Dat is de grode Karkhoff in Hamborg.

Na, sowiet is dat ja noch nich. Also, ick ligg in mien Krankenbett un neben mi een öllern Keerl, den se an 'n grauen Star operiert hefft. Un wi beiden schullen an den enen Morgen us Ogenklappen doolkriegen. Un dat is ja een bangen Ogenblick: kann ick goot kieken oder nich... Na un denn: Klapp dool – un wi köönt beide prima kieken.

Herrlich. Mien Bettnober jümmers an't Finster un denn mit sien Oog keken. So klor, so hell – grootortig.

Un ick heff mi de Zeitung herkregen, weeßt doch disse grode mit de Biller un de dicken Överschriften. As wenn se för Ogenpatienten mookt is. Un bi dat Döörblodern keem ick an dat Horoskop. Un dor stund för mien Bettnaber: *Von heute an werden Sie die Welt mit anderen Augen sehen.* Tja, genau, dat weer't.

Un wat kunn ick mit mien Splitteroog lesen: *Viele Menschen ahnen nicht, was alles in Ihnen steckt.*

Dor bün ick een Ogenblick echt in mi gohn.

Lachen is gesund?

Weet Ji… weet Ji wat Cortisol un Adrenalin sünd… nee, dat sünd Streßhormone, doch de köönt een nix anhebben, wenn een lachen deit… nee, dat ist kien Witz, stimmt echt. Hefft se nu rutfunnen. Een franzööschen Neurologen, Nervendokter, weer dat. De hett ook seggt, dat Lachen den Blootdruck runnerbringen deit, un… dat lachen… de Verdauung in de Gangen bringt. De Verdauung! …Dorum seggt mien Arbeitskolleeg ook jümmers, wenn ick em een Witz vertellen do:

Höör up, höör up, anners mook ick mi in de Büx.

Ick gloov ick vertell em neegstmol eenfach noch een Witz… un noch een — bit he sick wohrhaftig in de Büx moken deit und denn segg ick: Stimmt, de Wetenschup hett recht.

Doch mol weg von de Verdauung. Lachen helpt ook so bi't Afnehmen. Dat verbruukt Kalorien un sett Glückshormone free. Un wenn een glücklich is, mööt he nich soveel Sööts in sick rinstoppen.

Un mol ganz in Eernst: hefft Ji wußt, dat dat veel anstrengender is, een suur Gesicht to moken as wenn een smustergrienen deit? Nee, ick ook nich. Is overs wohr: bi't suurmuulsche Kieken mööt een 43 Muskeln in de Gangen hooln, un bi't Lachen blots 17.

Doch wenn ick mi all de Gesichter in de U-Bahn to'n Bispill ankieken do, denn mööt de Lüüd ja wohl all ganz veel Spoß an dat Muultrecken hebben. Dat is schiens Arbeit för de, un dor sünd de scharp up. De meent viellicht, wenn se jümmers mit so een trurig Gesicht dör de Firma loopt, denn doot se ehrn Chef leed un he gifft ehr mehr Geld. Doch dat Gegendeel stimmt.

Wenn een mit een lachen Gesicht sien Arbeit verrichten deit, denn kümmt een vöran. To so een hefft de Kollegen Vertruun, den willt se as tokünftigen Chef hebben.

Dat heff ick annerletzt een goden Fründ vertellt, de ook al siet Johren dor up luurt, dat he in sien Firma wiederkummt. Hett overs bitherto nich klappt. Dorum is he nu den ganzen Dag mit een Grientje dör de Büros lopen, hett egoolweg Witzen vertellt, Lüüd up de Schuller kloppt un sick dorbi jümmers utschütt bit em de Tronen komen sünd. Wenn se em froogt hefft, worum he dat deit, hett he jümmers seggt: Will Karriere moken, will Karriere moken.

Güstern sünd twee Keerl in witte Kittels komen un hefft em afhoolt.

Dat kümmt dor bi rut, wenn een sick up de Wetenschup verloten deit.

Enkelte Socken

Ick heff ja een recht grode Familie — wi sünd to söß, un söß Lüüd, de heff twölf Fööt, un to twölf Fööt, dor höört meist een ganzen Barg Socken to. Un Sokken, de sünd dat grode Drama in us Familie.

Socken, de höört ja to de Buntwäsche — 40 Grod, nich mehr, anners loopt se in. Dat is avers nich dat gröttste Problem. Wenn mien Fro oder ick, wenn wi de Waschmaschin ansmieten doot, denn paßt wi jümmers up, dat wi ook man jo de Socken poorwies waschen doot, man up'n gediegene Oort un Wies kriegt wi nich all de Socken poorwies wedder ut de Maschin rut oder dat passeert up den Weg von de Waschmaschin in den Tümmler oder in den Tümmler sülvst: wenn ick de Wäsche tohoopleggen do, denn blievt dor doch tomindest jedetmol dree enkelte Socken bi över. Wi wascht pro Dag tomindst ene Maschin, söß in de Week, un dat mookt 18 enkelte Sokken.

In us Wäschekommode hefft wi dorum al siet Johren twee Schuvloden blots för disse enkelten Socken. Eenmol in de Monoot sett wi us all tosomen — un denn heet dat: Söök den tweden!

Mol hefft wi bi so een Gelegenheit 25 Poore tosomenkregen. Doch wat mi nich in'n Kopp will: so um un bi 15 Socken blieft dor jümmers bi över. Un ick heff dat Geföhl, dat sünd jümmers de sülvigen.

Ick heff dat Problem för mi ja een för alle Mol ut de Welt schafft. Eenmol wull ick mi morgens een poor frische Socken antrecken – un fund doch nich twee, de to'nanner passen deen. Un dat weer een Dag, wo dat'n beten up dat Tüüg ankomen dee: een olen Kolleeg wull up Rente gohn – un dor schull wat von mookt warrn mit Empfang un Reden un so. Overs: kien twee passliche Socken to finnen.

Wat muß ick doon: dool in'n Keller, den Korf mit de schetterige Wäsche umstulpt un dor denn een Poor wedder rutsöcht, un dat eenzige, dat ick finnen kunn, dat weern de griesen, de ick den Dag vörher bi't Footballspelen anhadd harr. Also, dat weer natürlich to marken, dat de egentlich eerst in Waschmaschin mussen, doch wat schull ick moken? Ohn Sokken kunn ick doch nich los – un mit twee verschiedenfarbige, een grönen un een gelen t. B., dat gung doch eerst recht nich. Nee, ick heff disse griesen Footballsocken antrocken, heff dor een beten Ode-Kolonje upspüttert un de dichtesten Schoh antrokken, de ick harr. Na, denn los. Un wat schall ick seggen: nüms hett wat markt.

Un den sülvigen Nomiddag bün ick noch in't Koophuus ween un heff mi föfteihn Poor swatte Socken köfft — von een un desülvige Oort.

Un siet de Tiet ist dat Thema enkelte Socken un wo is de twede, dat is för mi dör. Un swatt passt ja ook överall to.

Undöögd

Männigmol froog ick mi, of ick nich een lütten an de Luuk heff. Echt wohr. Denn overlangs koomt mi so Soken in'n Kopp, wo ick denk: Wenn du dat nu deist, denn bringt se di in de Klapsmöhl. So weer ick annerletzt in een Koophuus, weeßt doch: Utverkoop. Dat weer in de Taschenafdelung. Allens rammelvull un upmool geiht dat Telefon. Dat hangt ja meist an een Pieler. Blots dor geiht nie een ran. Heff ick noch nich sehn. As dat also pingeln dee, dor jöök mi dat in Fingers.

An'n leefsten rangohn un seggen: Müller, Taschenabteilung. Un wenn denn een froogt, of wi de oder de Tasch oder den un den Kuffer to Verkoop hefft, denn wull ick an'n leefsten seggen: Dien Schietkuffer, de geiht mi sowiet vörbi. Wenn du een hebben wullt, denn scheer di her un kiek di dat an.

Oder ick harr Lust em to seggen: 'n Leddertasch willt se hebben, ut Swiensledder to 30,– Mark? Wat willt se dor denn mit? Wohrschienlich in uns Koophuus wat klaun und denn stiekum afhauen, wat? Socke Kunnen hefft wi besünners geern.

Oder noch beter: Wat? 'n Tornister för ehr Deern?

Disse bunten, modernen Dinger? Dat Geld köönt se sick spoorn, de Deern blifft ja doch sitten.

Oder männigmol heff ick Lust, Lüüd so recht up de Palme to bringen. Stell di vör een Kolleeg will di vertellen, wo schön dat in'n Urlaub weer un du seggst egoolweg: Och? Is dat wohr? Nich to glöven. Dat markt de meist nich foors, eerst so bi lütten. Soso. Wat du nich seggst? Tja.

De Kolleeg, de kummt ja toletzt up Touren, segg ick di.

Noch gauer geiht dat, wenn em egoolweg ünnerbreken deist.

He vertellt to'n Bispill von dat warme Weer. O ja, de Warmte, de kann di ja fix un fertig moken. Ja, doch af un an hett dat ook regent. Bi us nich. Jümmers blots Sünn. Morgens, middoogs, ovands ook: Sünn, Sünn, Sünn. Un denn... Ja, un denn nachts, kien beten Wind, jümmers blots Warmte, Warmte, Warmte. Nu ward em dat meist al 'n beten veel, doch he will dat noch eenmol mit di versöken, un he denn: Wi weern ja ook in Süüdfrankriek, dor wo... Ja, dor wo de Lüüd den ganzen Dag mit 'n Bagettestang ünnern Arm rümloopt un jümmers seggt: Bonjour, ca va?

Nu is overs ut. Dootseker. Hier gifft jeder up.

Ick do dat nich, overs ick much dat geern mol doon. Ick gloov, sowat kann ganz veel Spooß moken.

Betriebsblind

Ick hool ja veel ut, doch de Snackeree von junge Froonslü över ehr Kinner, de mookt mi rammdösig. Bi us vör'n Huus beleev ick dat meist jeden Dag. Dor koomt se all mit ehr Kinnerwogens anschuven, un denn geiht dat bloots över de Göörn.

Ja, mien kriggt ja nu den eersten Tähn, kiek mol hier.

Un denn ritt se dat arme Kind den Mund open un man süht de Felgen, overs kien Tähn. Mudder süht em overs doch, dor, kiek doch, ganz vörn. Dat Kind blarrt.

Un wo oolt is he nu, will een anner Fro weten. He ward Midde neegste Week teihn dreeviddel Monoot.

Oha, mien haar al mit negen Monoot un 9 Doog – kann ick mi so schön marken – dor harr de all sien eersten Tähn. Un keem so över Nacht.

Nu de drüdde: Dor hest du overs Glück hadd. Mien kreeg sien eersten Tähn mit 10 Monoot un anerhalv Weken, un hett schreet, de ganze Nacht, dor muß ick em een Zäpfchen geven.

Sowat giffst du? Dat schall een nich, so lütte Kinner hoolt dat nich ut. Hett mien Kinnerarzt sülvst to mi seggt. Keine Zäpfchen.

Mien seggt ganz anners, de meent Zäpfchen sünd goot.

Is dat nich gräsig.

Doch noch slimmer sünd ja Schoolmesters. Ick kann dat beoordelen. Bün sülvst mol Schoolmester ween. Also in de School geiht dat sowieso bloots över dree Themen: de Kinner, den Urlaub un dat Gehalt.

Du hest doch ook de 10 b. Also, disse Thomas Meyer, de begrippt ja rein gor nix von Mathe.

Ja, is in Engelsch nich veel anners. Dat is een fuul Stück, segg ick di.

Dat is de ganze Klasse, een as de anner. Ick segg bloots noch: Hefte aufschlagen un denn geiht zack, zack. De willt dat so hebben. De laue Tour, dat geiht bi disse Rabauken nich.

Hest recht. Wo sünd ji in den Ferien ween?

Ja, wedder in de Toskana. Herrlich segg ick di.

Un dat Weer?

Spitze.

Un ji?

Australien.

O hallo. Na ja, nu wo du O-Root büst.

Du seggst dat.

Un so geiht dat wieder. Na loot ehr.

Och Gott! Ick mööt noch gau een paar Leckereen

inkopen. Hüüt ovend kümmt een Kolleeg mit sien Fro. Dor schall ja een beten wat Besünners up'n Disch. Na ja, een Glas Schampus vörweg viellicht, echten, natüürlich, achterher denn so'n beten Fischgeschichten... mol sehn. An so een Ovend kann een endlich mol in Roh dit un dat besnacken. Up de Arbeit kümmt een dor eenfach nich to. De Froonslü schöllt denn woll wedder meckern. Hier is nich dat Büro un so.

De verstoht dat nich. Doch dor mööt se dör, hölpt nix.

Segg mol, Gerd…

Segg mol, Gerd, keem annerletzt mien grode Deern bi mi an: Hest du Drogenerfahrung?

Wat hebb ick?

Hörst Du nich goot? Hest du…

Nee, nee, ick heff dat al verstohn.

Also, wat so Kinner di vondoog allens froogt. Nee, ook doch. Ick kann ehr doch nich… Doch dat hett een nu von sien Liberalität.

Ick sä: Wo kummst du dor denn nu up?

Wi hefft dor in de School över snackt.

Recht so, sä ick, dor hóört dat ook hen. Mit de Upklärung kann dat gor nich fröh genoog losgohn.

Nee, Gerd, Upklärung, dat is wat anners, dat hefft wi ook.

Ick weet, wat Upklärung is, doch dat anner, dat höört dor ook mit to.

Wat?

Na ja, wat Ji dor just harrn, över de…

Drogen.

Ja, genau.

Ja, wo is dat denn nu, hest…

Segg mol, in wat för een Schoolfack snackt ji egens över sowat?

In Technik.

Technik? Wat hett dat dor denn mit to doon?

Och, dat dröffst du nich so eng sehn, sä mien Deern denn ganz klook, Technik, dat is...

Ja, ja, is al goot!

Ja, un hüüt harrn wi dat över LDS...

LSD.

Ja, stimmt, Minsch, du weeßt ja Bescheed. Un över Mawiwana hefft wi snackt.

Marijuana.

Genau. Un dor över, dat ene Tiet Lüüd sick ehrn Krooms up'n Balkon sülvst anplant hefft...

So?

...ook hier in Hamborg. Weeßt du dor wat von?

Hohoho? Bi dat ene Popkonzert, dat vergeet ick nie!

Aha!

Ick, wo schall ick nu just sowat her weten? Wi hefft ja kien Balkon.

Overs anners weeßt du doch över veel Soken Bescheed un hest jümmers seggt: De nich froogt, de blifft dumm.

Klor, dat stimmt, doch...

Ja, un wo is dat denn nu? Hest du nu Drogenerfahrung oder nich?

Dor güng dat Telefon – Gott sei Dank!

Tüügnisse

Mööt de Kinner egentlich allens weten? Ick meen, allens, wat de Öllnern fröher mol so mookt hefft? An Frogen von miene Deerns as –

»Hest du vör Heike ook al anner Froonslüüd kennt« oder »Hest du blots dorum een Boort in't Gesicht, dat wi dien Dubbelkinn nich so seht«? – an so wat heff ick mi wähnt, mookt mi meist nix mehr ut.

Doch annerletzt weer't mi denn doch 'n beten veel. Ick muß mien Schrievdisch uprümen un harr up den Footbodden so lütte Papierbultens mookt, also de Versekerungen no rechts, nich betohlte Reken no links, hier denn de Dokumenten hen und dor up de anner Siet leeg een Stopel mit dit un dat. Un mien grode Deern steiht dor bi un kickt mi neeschierig to.

»Soveel Papier!«

Tja, dat kümmt so mit de Tiet. Wo öller du warst, wo mehr ward dat. Eerst koomt all de Bewerbungen, denn de Versekerungen un wenn du dat all goot ünner Dack und Fack hest, denn geiht de Sökeree no de Rentenpapieren los.

Normalerwies is mi so een Wöhleree in den ganzen Papierkroom towedder – doch af un an finnst du ook ja wat, wat di Spoß moken deit, t. B. dat Schrieven von een Firma, de mi domols nich hebben wull un de nu pleite is. Seggt een sick doch: Kiek, is doch so beter ween, ook wenn ick mi do düchtig argert heff. De dösige Personalchef mit sien Frogeree: *Haben Sie auch Berufserfahrung?* Mit 28 Johren. Dat hett he nu dorvon.

Mien Deern harr sick middewiel över den Stopel »Dokumente« hermookt. Heff ick gor nich markt. Un as ick dat marken dee, dor weer dat to loot. Se harr mien Tüügnisheft funnen.

Oh, dat is ja interessant, sä se.

Dat kannst du mit hüüt gor nich verglieken, geev dat man her.

Oha, wat is dat denn?

Se harr wat funnen. Mathematik: bloots veern, de ganze Tiet up't Gymnasium. Un hier sogor een fief.

Ja, dat weer de ene Schoolmester, de much mi nich lieden...

Hah, un hier: Laut Konferenzbeschluß: Nicht versetzt!

Dat schull se ja nu just nich finnen.

Dat hest du mi ja noch gor nich vertellt, Gerd.

Hest ook ja noch nich no froogt.

Un do keem mien Deern up mi to, nehm mi ganz leev in 'n Arm un sä: Dor mook di man nix mehr ut. Schoolmesters köönt männigmol gräsig ungerecht ween.

Afsluten!

Nich, dat Ji mi verkehrt verstoht: ick bün ook doför, dat Huus aftosluten, un dat Auto – un de Bürodöör natürlich ook. Dat hett al wat för sick. Seker. Doch ick heff wat gegen dat Överdrieven. Also wenn een to'n Bispill de Klosettdöör afsluten deit – un is doch ganz alleen to Huus, dat hool ick för överdreven.

Oder annerletzt us Noversche, kummt ganz upgereegt bi mi anlopen un is rein ut de Puußt.

Kann ick... kann ick mol even telephoneern bi Jo?

Klor doch, is wat passeert?

Ja, Egon, de hett den Slötel von boben mitnohmen. Nu koom ick nich in't Huus rin.

Se wählt Egon sien Telephonummer.

Von boben?

Ja, von bo... Ja, Egon, hier ook. Du hest den Slötel von boben mitnohmen.

Stiegt Ji nu von boben in't Huus rin? Över den Balkon?

Nee, dat nich... wat? ...Ick snack mit Gerd. Ja, de von boben? Ja, de. Kannst mi den herbringen?

Wo koomt Ji denn up den Balkon rup?

In'n Viddelstunn.

Solang? Dat sünd ja een Meter in fief Minuten.

Egon lett di gröten.

Gerd snackt. Ja, is goot. Nee, he lett di nich gröten. Oder doch? Gert wullt du em gröten?

Ick verstoh dat nich.

Tschüüs Egon, he versteiht dat nich.

Se leggt up.

Boben, dat weet ick nu, dat is nich de Balkon, dat is dat twede Slott – över dat eerste. To Sekerheit. Wegen de Inbrekers. De sounso dör de Finster goht. Na loot ehr. Ick seh dat ja allens nich so eng. Ick heff al 'n poormol vergeten dat Auto aftosluten – ook över Nacht, un is nix passeert. Mien Fro lett männigmol ehr Handtasch jichenswo liggen — mit dat Portemonnaie dor in — un de ward ehr prompt achterherbrocht — mit dat Portemonnaie dor in. Dor mööt ick jümmers an Schiller bi denken – Friedrich Schiller, de Dichter, mit sien *RING DES POLYKRATES*. Disse Polykrates hett ja soveel Glück, dat de Ägypterkönig to em seggt:

Un wenn's die Götter nicht gewähren,
so acht auf eines Freundes Lehren
und rufe selbst das Unglück her.

Un denn smitt he ja den Ring in't Woter — un de is den annern Dag denn doch wedder dor.

Un dat heff ick güstern ook mookt. Ick heff mien Fohrrad an de U-Bohnhoff nich ansloten. Heff dat eenfach so stohnloten. Un wat weer? As ick güstern ovend na Huus wull, stund dat noch just so dor. Hett nüms anröögt.

Hier wendet sich der Gast mit Grausen – so heet dat bi Schiller. Ick overs weet: de Minschen sünd doch nich so slecht. Un dat ick dissen Gloven noch lang beholen do – heff ick hüüt morgen mien Rad wedder ansloten.

Dat Bett

Koomt Frünnen bi us dat eerstemol to Besöök, denn löppt dat so af, as bi anner Lüüd ook: se willt sick dat Huus ankieken. Goot, ick wies ehr dat geern. In'n Keller geiht dat los. De neje Heizung is meist dat eerste Thema – vonwegen Energiesporen. Denn no boben hooch – in de Köök. Klor, veel to lütt, overs so is dat in de modernen Hüüs. Kinnerzimmers – ja, ook lütt, overs in' Sommer sünd se ja doch de meerste Tiet buten. Hauptsook, se köönt hier ehr Schoolarbeiten moken, ohn dat se egolweg stöört ward.

Un dit is de Stuuv, o ja, schön, dat ji den Feernseher so fein in't Regool unnerbröcht hefft. Is doch beter, as wenn so een grode Mattschiev batz in de Stuuv ringlotzt.

Ja, un hier? O ja, dat is us Sloopstuuv. Nee, dat deit nich nödig. Doch, segg ick, köönt Ji all geern sehen, ook wenn de Betten nich mookt sünd.

Un nu kiekt se all jümmers ganz vörsichtig in de Komer rin un goht ook alltiet so up de Töhnen, as wenn se wat tweipetten kunnen un all snackt se foors ook jümmers so liesen, bang, se kunnen een stören oder upwoken.

Ick: Man rin, hier steiht dat Bett. Un se: Oh! Dat is overs groot.

Ja, genau twee Meter veertig breet un twee Meter lang.

Mann!

Dat wi dor ook all rinköönt.

All?

Ja, de beiden lütten sloopt ja sounso jede Nacht bi us, un de groden, wenn ehr mol wat scheef lopen is oder wenn se 'n beten trorig sünd, de möögt dat ook noch geern.

Och so, seggt denn us Besökers, un ick weet genau, dat ehr noch een Froog up de Seel brennt. Doch se seggt nix, noch nich. Eerstmol stiegt wi noch no boben, Gästezimmer ankieken, doch wenn wi denn de Treppen wedder doolkommt un de Döör von de Sloopstuuv steiht jümmers noch open un se kiekt nochmol up dat grode Bett un stellt sick nu wedder vör, wo dat woll utsüht, wenn dor nu jeden Ovend twee lütte Kinner in liggt, denn is dor meist kien Holen an, denn mutt dat rut:

Sloopt de Lütten wohrhoftig *jede* Nacht bi Jo... Ick meen... **jede** Nacht?

Denn nehm ick den Besöök bi de Hand, goh mit ehr in de Stuuv, wies up den Slötel in de Döör un treck mit een Swuppdi us Klappsofa uteenanner: een Meter sößtig mol twee Meter. Allens klor?

Ja, allens klor.

Mann un Fro

Ick bün ja nu al – tööv, nich dat ick lögen do: meist 17 Johr mit mien Fro verheiroot – un so langsom ward mi bang.

Echt wohr, denn wenn ick mi so bi Nabers un Bekannten umkieken do: nee, nee un nee.

Also nehmt wi doch blots mol to'n Bispill Tant Helga un Unkel Jochen. Stüürt nu so up de veertig Jahr Eheleven to. Mit de bün ick ja eenmol to'n Eten utween, eenmol un nie nich wedder.

Se kiekt in de Spieskort, blodert hen, blodert her, un denn geiht't los: Wat nimmst du?

Ja, dat wull ick di egentlich ook just frogen.

Over du seggst nu toeerst!

Nee, du! Worum ick? Immer schall ick toeerst.

Letztmol harr ick Fisch. Ja, dat weer overs een anner Lokal.

Stimmt. Ja, wat nimmst du nu?

Hmmh.

Hmmh giff't nich.

Ick weet noch nich...

De Kellner kümmt. Kannst du di nu endlich mol entsluten?

Denn bestell du doch toeerst.

Wat?

Schall he tweemol komen?

Gräsig.

Bi de Gedränke natürlich datsülvige Spill. Wien oder Beer, oder doch lever Selterwater?

Segg Du!

Nee, du!

Immer ick!

Achterher seggst du blots, ick wull dat jümmers to seggen hebben.

As ick al sä: eenmol un nienich wedder.

Tomindest hefft de beiden sick ja noch wat to vertellen.

Slimmer is dat, wenn een dat Snacken ganz alleen övernehmen deit. Heff ick kortens in een Bookloden beleevt. Een Ehepoor stund dor so verloorn rum un wuß nich, wo se wat söken schullen. No'n Tiet keem een Verkörpersch. De Fro wull just wat seggen, as de Keerl al loosballern dee:

Mien Fro söcht 'n Book mit Puddingrezepten.

Nee, allgemeen mit...

Also goot, een Book över Nodisch. Stimmt doch, oder?

Ja, ja...

Oder wat? Nu segg doch! – Also, Nodisch allgemeen.

Doch dat allerbeste, dat weer ja dat Ehepoor in't

Koophuus an den Grabbeldisch för Männerunnerbüxen. De hefft gor nix seggt. He stund dor as anwussen un se wöhl de Unnerbüxen dör. Harr se een in sien Grödde, denn greep se jümmers vörn rin. Paß ehr Hand dor rin, denn sä se: Rhhh. Wenn nich: Rrh-Rrh. Un he miemel denn ook wat: Hhhh. Hhhh. As de Fro fief paßliche Unnerbüxen rutgrabbelt un dörgrepen harr, sluren de beiden no de Kass. Un wedder: kien Woort. Se keek em blots scharp an: un he trock sien Pottmonee rut. Rhh.

Na, Gottloff, heff ick jümmers dacht, Gottloff, so is dat ja bi us nich. Overs as ick güstern ovend no Huus keem, wat muß ick beleven: seet mien Fro dor in'n Sessel un weer inslopen.

Ick froog Jo: Kann een den egen Keerl no'n sworen Arbeitsdag egentlich mit mehr Minnachtigkeit begegen as intoslopen?

Von Di oder von mi?

Mien Fro un ick, wi köönt us foken nich enig warrn, wokeen nu Schuld is. Schuld an de Kinner. Schuld an dat, wat de Kinner so anstellt, meen ick. Köönt wi us reinweg um in de Klatten kriegen.

Ick meen, för mi is dat ganz klor: us grode Deern hett in de School gode Noten in Düütsch. *Sprechen und Gespräch* heet dat ja hüüt. Dor is se sehr goot in. Hett se von mi, is ja klor. Ick heff al jümmers goot snacken kunnt un bit nu hefft se ook noch jümmers al verstohn, wat ick wull. Sprechen und Gespräch.

So geiht dat nu ja nich, seggt denn mien Fro. Nehm doch mol dat Zimmer von de Grode. De kann un kann doch kien Ordnung hooln. Von wen hett se dat? Von *mi* doch nich! Dat hett se von di.

Warum von mi? Hool ick denn in'n Huus kien Ordnung…?

Na, wenn ick dor nich egoolweg een Oog up harr, seggt se denn. Hier geiht dat ja noch so even. Doch dien Schrievdisch in't Büro. Dat is ja een Kuddelmuddel!

Ick heff bit nu noch allens wedderfunnen!

Kann ick ja nich kontrolliern, overs dien Kollegen seggt dat ook: Chaos!

Och de.

Tja, un wat is mit de Moleree von uns twede? Dat Künstlerische, dat hett se doch vun mi, seggt mien Fro. Dor heff ick in de School ook jümmers 'n een in hadd un du blots een dree.

Tja, wiel wi so'n dösigen Tekenlehrer harrn. Dor mussen wi jümmers Fische molen. Egoolweg Fische. Dat hett de ganze Kreativität bi mi dootmookt. Systematisch dootmookt.

Een Talent sett sick ook gegen Fische döör, seggt mien Fro denn ganz spitz. Doch bi di weer nix.

Un wo is dat mit de Mathematik von us Grode? Dor hett de 'n een in – un dat kann se ja von di nich hebben. Du büst ja tweemol sittenbleven wegen Mathe.

Du doch ook!

Stimmt, overs blots eenmol: Also hett se dat...

Also hett se dat von us beiden.

Woso dat denn?

Na, soveel möößt du doch von Mathe weten, dat minus mol minus plus gifft. Dösig un dösig bringt een Genie.

Na goot. Overs dat mit miene künstlerische Unfähigkeit...

Schön. Dat weern de Fische.

Fein, denn hett de Grode dat Sprechen und Gespräch ook nich blots von mi.

Nu lacht mien Fro:

Doch de Urornlichkeit von us twede, de kümmt von di!

Satan

Siet dat wi sülvst een Hund hefft, denk ick jo ganz anners över disse Kreaturen. Eerst heff ick jo dacht, na, of dat woll geiht mit den Hund un de Kinner? Doch ick mutt seggen: allerbest. Dat is een echten Speelkamerood för use Lütten. Wenn de up den Rosen dauwarkt, denn is he jümmers mittenmang dorbi. Un wenn ick seh, wo groff de Kinner männigmol mit dat arme Deert umspringt – mannomann. Un liekers: noch nich eenmol hett de Hund toknepen un gnurrt. Nix.

So heff ick mi dat wünscht.

Nu gifft dat overs ja Minschen, de ehrn Hund schiens för ganz wat anners bruukt: för't Uppassen un Lüüd bangmoken.

Sowat heff ick kortens beleevt, dat mööt ick jo vertellen. Us grode Deern is up de Gesamtschool komen un dor mussen wi ja den eersten Dag mit hen. Un do keem dat as dat komen muß: rund um de School to weern all Parkplätze vull. Dor upmol seeg ick doch noch een Lock in de Autoreeg. Ick ranföhrt. Een Infohrt, Schiet. Doch achter dat Door leeg allerlei Kraams rüm, also Stenen, 2 Sack Zement, een lütten Bulten Sand... O ja, hier ward renoveert. Un do seeg ick ook al een Keerl dör dat Stuvenfinster no buten kieken. Ick wink em so to un düüd up de Infohrt, dat ick nu dor woll even parken will, ook nich lang, bitte, bitte. Doch he weiharmt as för dull: Nee, nee! Ick do as harr ick em nich verstohn un park eenfach in. Batz, geiht ook al de Huusdöör open un een groden Rottweiler jumpt up dat Door to. »Satan!« rööpt een Froonsstimm. »Satan!« Rottweiler, dat sünd ja disse gefährlichen Hunnen, de ja so een abosig groden Kopp hefft un de ja vör all nachts up Autoschrottplätze de Inbrekers wegbieten schöölt. Un achter dissen Rottweiler, achter SATAN, kümmt nu de Fro ansluren.

»Dat is hier uns Infohrt, hier dörfft Se nich parken.«

»Och, gode Fro, wi willt...«

»Nee, nee, ut Prinzip al nich.« Un denn wedder: »SATAN!«

Doch Satan is al halv över dat Door sprungen, sien abosig groden Kopp vorut... as mien lütten Jung von dree Johr sick upmol von mi losritt, liek up den Rottweiler tolopen deit – un em um'n Hals fallt. Un de Fro wedder »SATAN!«

Doch de bringt sick um för Freid, dat de Lütte bi em is un lickt em dat ganze Gesicht af, un de Fro wedder »SATAN« Over Satan will blots mit den Jung spelen.

Wi hefft den Parkplatz nich kregen, dat is ja klor.

Doch ick bün denn ook an't Door gohn un heff Satan achter de Ohren krauelt.

»Na«, heff ick seggt, »hett doch tomindest een in dien Familie een gode Natur.«

De lüttje Muus

Grode Upregung bi us güstern nomiddag. Ick höör wat von »Iiihhhh« un »Päähhh« un »Giftig!«. Wat is dor denn passeert? Ick ja rut no buten. Stunnen mien Kinner all um us Pussy rüm und keken, wat de dor ansleept harr.

Un denn de grode: Is dat een Muus?

Ick henkeken: Ja, dat is een Muus.

De süht ja gediegen ut.

Ja, wenn de Katt de al teihnmol losloten un wedder infungen hett, wenn dat Fell al nattslappert is un se dor viellicht al fief-/sößmol rinbeten hett, denn süht so een lüttje Muus wohrhaftig gediegen ut. Doch dorüm güng dat gor nich. De lüttje Deern sä denn mit een frogen Gesicht: Süht so een Muus ut?

Dat hett mi denn je doch meist de Sprook versloon. Mien Kinner weet nich, wo een Muus utsehn deit.

Un doch, egens ist dat kien Wunner. Se kennt ja bloots de Muus ut't Fernsehn, de ut de Sendung mit de Muus — un de is ja meist just so groot as de Elefant.

Dat weer ja fröher bi us tohuus ganz anners. Wi wohnen ja in een oolt Huus, wo mien Öllern een Kroog in bedrieven deen — un Swienen harrn wi natürlich ook. Un mi steiht dat as vondogen noch för Ogen, wenn ick ovends so gegen negen/halv teihn noch in de Köök güng, mi een Broot uptosmeren. Kuum harr ick dat Licht andreiht, husch, stoven doch so dree/veer Müüs von'n Disch, susen över den Steenfootbodden un denn – zack, weern se ünnert grode Kökenschapp verswunnen. Jümmers wedder hett Vadder versöcht ruttofinnen, wo de Öös in de Köök rinkemen. Wenn he denn een Lock funnen harr un dat mit Zement dichtsmeert hett, denn harrn se sick no twee Weken wedder annerwegens döörgnabbert.

Un in'n Stall eerst, bi de Swienen. Ick much nich weten, woveel Zentner Swienfoor de Müüs in de Johren so upfreten hefft bi us.

Eenmol overs is wat passeert, dat weer ook mi toveel. Ick weer in Ferien ween, un as ick no dree Weken wedder in mien Zimmer keem un de Bettdeek hoochsloog, dor kroop een Muus ut de Feddern. Harr sick rinfreten in de Deek. Allens weer vull Muuskötels. Nee, dor much ick nich in slopen. Vadder hett denn een Fall upstellt un – snapp – annern Dag, weer't vörbi.

Dat is ganz gemeen, menen mien Kinner do. Us vertellst du jümmers, wi schöölt de Deerten nich quälen und doothauen – un du sülvst... Nee.

Un to Stroov heff ick nu in de neegsten dree Weken, wenn de Sendung mit de Muus kümmt – *Fernsehverbot*. So!

As Vadder verseggt

Anner Week weer dat, as ick ovends no Huus keem — halv döörregent, möh un af. Ick kiek up de Klock — un... Minsch jo, ick will ja Vadder noch anropen — Geburtsdag. Geiht over nich. Mien grode Deern telefoneert. Un in teihn Minuten fangt Alf an — seh ick ja to geern. Ick also mien Deern denn ja andüüdt — also: Schluß moken!

Deit de overs nich. Se höllt de Höörmuschel dicht un seggt blots:

Gerd, du nervst!

Wat?

Ick snack just mit Monja. Sascha hett mit ehr Sluß mookt. De is fix un fertig.

Un batz dreiht se mi den Rügg to.

Mien Deern, de is 11, un Monja man just 10, de mookt mi fix un fertig.

Ick denn ja in de Stuuv rin un denk, sett di man eerst even hen. Doch de Sessel is besett. Angie hett sick dor up breet mookt.

Ick: Fffthh — un weg is Angie.

Dat hett mien twede Deern sehn. 8 Johr.

Gerd, du büst een ganz gräsigen Egoist.

Woso?

Angie is swanger, un smittst ehr so batz von'n Sessel.

Ja, overs dat is doch blots 'n Katt.

Typisch is dat för di. Wenn du di al Deerten in't Huus hoolst, denn muß ehr ook goot behanneln, du Unminsch.

Puuh. Ick heff mi denn doch ganz egoistisch hensett un för 'n Ogenblick de Ogen dichtmookt, as nu de lütte Deern ansusen kümmt. 6 Johr – un een Rappelsnuut.

Du Gerdi, wi harrn hüüt Molen in'n Kinnergoorden un ick heff, hier kiek mol, hier, Gerdi, us Huus, hier, un ick, hier, gau Homer un Nogel holen, heff ick ganz alleen moolt, dat mööt wi uphangen, Gerdi, kiek mol hier us Huus, un de Boom, mit Angie dor in, kiek mol Gerdi, nech...

Ick denn dat eene Oog so'n lütt beten openmookt un:

Wat is los? Wat is mit'n Kinnergorden? Kannst' mi dat nich nochmol vertellen?

Un se: Och Alter, vergiß es!

Ick reeg mi doch up

All, de mi so ’n beten kennen doot, de seggt: Gerd, di kann doch so licht nix ut de Roh bringen, wat? Du büst doch een gemütlichen Keerl.

Dor kann ich blots up seggen: Ji kennt mi all noch nich! Wat meent Ji, wo sick dat anhöört, wenn ick so recht in Fohrt komen do!

Doch se hefft natürlich recht, mien Frünnen un Kollegen, dat mööt al dick komen, ehrder dat ick up’n Disch hau.

Wat mi to’n Bispill al so ’n lütt beten upregen deit, dat is to’n Bispill Öl, Öl, dat nich dor is. Nich mehr dor is. Vör ’n poor Doog: ick koom ovends no Huus un de Kinner: Pannkoken backen, Pannkoken backen!

All wedder?

Diene sünd ümmer so lecker.

Goot, övertüügt.

Ick denn ja Eier, Mehl un Melk herkregen un de Deeg anröhrt. Doch as ick de Pann al up’n Heerd hebb un den Ölbuddel ut’t Schapp holen will – steiht dor ook de Buddel – blots dor is kien Öl mehr in. Nich een Druppen mehr.

Nehm doch Magarine.

Pühhh. Wi hefft doch blots disse mit Halffett, dor sprützelt dat Woter jümmers ut de Pann.

Ick mit een Kaffeetass röver no us Noversche.

Na, mußt du Pannkoken backen?

Ja. Velen Dank.

Slimmer is dat overs al, wenn ick mi denn no all de Pannkokenbackeree in de Köök de Hannen wasch un mi denn ümdreih, wiel achter mi, twüschen Geschirrschapp un Iesschrank dat Handdook hangt. Blots dor hangt kien Handdook, dor hangt nix. Hett seker mien Fro oder een von de Kinner bruukt för – wat weet ick, un denn rin in den Wäschekorv. Mookt ja ook nix, blots se schöölt wedder een frisch Dook henhangen. Denn nu mööt ick mit mien natten Hannen ut de Köök rut, mit 'n Ellbogen de Döör upstöten un mi een ünnen ut den Eckschrank rutfingern. Brrrr. An so een Nolässigkeit, dor kann ick mi de Pest an argern.

Doch ick kann ja losschreen, wenn ick morgens Klock viddel no söben faststellen mööt, dat dat Klosettpapier all is – wenn't al passeert is, meen ick. Denn ... denn ... Na ja, foken liggt ja bi uns up't Klo noch een poor ole Prospekten ut de Zeitung. Doch wenn du de nehmen deist, denn hest du een Geföhl as Glatties. Un denn kunn ick de ganze Bagoge, de kunn ick ... un dat do ick een Doogs ook, denn ick bün seker, de Richter ward mi »mildernde Umstände« geven.

Wat schall ick blots moken?

Also, ick weet gor nich, wo ick dat nu seggen schall. Ick heff een Problem – mit mien Kinner. Denn wenn ick hüüt ovend no Huus koom, weet ick noch nich, wo dat ward – mit mien Kinner.

Gott, wi hefft doch all mol 'n slechten Dag – un güstern weer so een. Ick meen, dat weer ook ja rein to slimm. Eerstigmol kümmt de Grode an, will, dat ick mit ehr Mathe öven schall. Klock halvig acht – no een sworen Arbeitsdag. Denn noch een Deern von knapp twölf Johr verkloren, up wecke Oort un Wies een den Umfang un de Quadratzentimeters von so Veerecken utrecken deit. Klor, dat is nich swoor, doch se harr in de School nich uppaßt, slopen, Dummtüüg mookt – un nu schall dat morgen den Test geven – un dor will se ja nich bi rinrasseln. Ick ehr dat also fein uptekent un doon, as ick den lütten Jung von ünnen schreen höör:

Gerd, A-A!

Ick dat Geodreeck un den Bleesticken ut de Hand leggt, no ünnen suust, heff em den Mors afwischt un bi de Gelegenheit ook glieks den Pyjama antrocken.

Nu ick wedder de Treppen hooch, half hooch, as upmol von ganz ünnen ut'n Keller een Auuaa! to höörn is. Also kehrt moken un denn mit'n Hestergalopp de Treppen dool un finn dor mien twede, nee, mien drüdde Deern – no't Öller rekent – de will sick Sprudel hooln.

Worum nimmst du dösige, dumme Deern ook twee Buddels in ene Hand – mit dien lütten Schietfingers, de natürlich noch smerig sünd von Nutella, wat du ovends nich mehr eten schaßt! Nee, du deist mi nich leed, du hest sulvst Schuld, wenn di nu een Buddel up'n Foot fullen is. Kann di nich beduren. Ja, blarr man.

Is ja nich to seggen... as de eersten Minschen... Wat wullt du? Nu stellt sick mi de twede in'n Weg? Dat Feverthermometer? Keen Ohnung? Harrst dat an sien Platz leggt, bruukst nu nich so blöd to frogen. Goh mi ut'n Weg. Wat? Du büst krank? Hahah! Wullt blots nich no School. Doch sowat gifft dat nich bi mi. Nu blarr du ook noch. Een Huulsuse is doch genoog.

Gerd A-A! Wat de Lüdde nochmol – un in de Büx rinsch... Un do weer't ut. Total ut mit mi.

Ja, un wat mook ick nu? För jeden wat mitbringen? För veer Kinner, dat geiht in't Geld... Oder wi goht all to MacDings... Is ook nich för umsünst. Se schöölt ook ja nich menen, dat ick mi nu anköteln will...

Och, weeßt wat? Ich lees ehr all hüüt ovend wat ut Grimms Märken vör, heff ick ook lang nich mookt. Dat… dat is goot för das Familiengeföhl, ja, un kost ok nix.

Tschüs seggen

As ick vör'n poor Doog so gegen seß von de Arbeit no Huus koom, hefft wi mol wedder Besöök: Elke mit ehr dree Deerns is dor. Un wenn ick de seh, denn weet ick: Disse Ovend is hen. Elke is twors een nette höfliche Fro un seggt dorum:

So, Kinner, nu ward't overs Tiet, dat wi no Huus koomt, Gerd hett ja een Recht up sienen Fierovend.

Over wat nu kümmt, dat is för mi de Höll. Denn nu kümmt een Afscheed, de no dat Motto löppt: Je länger, je lever.

Elke ehr Lütte sitt mit use Lütte vör'n Fernseher: Sesamstroot. Se hefft nich höört, wat Elke seggt hett. De Twede is ünnen in'n Keller. De mookt Disco mit use Twede. De hefft bi all den Larm ook nix höört. Un de beiden Groden höört 'n boben in de Sloopstuuv gackern. Se telefoneert mit een ut ehr Klass.

Kinner, wi mööt no Huus, seggt Elke no'n Viddelstünn wedder – un schenkt sick dorbi noch een Tass Kaffee in. Wullt du ook een, Gerd?

Nee, velen Dank, heff al genoog Kaffee hadd.

Dat ward halvig söven, de Sesamstroot is vörbi.

Kinner, nu mol loos.

Von de Sesamstroot ward overs flutsch up Mickey Mouse schalt, ünnen geiht de Disco wieder, in de Sloopstuuv tickert de Groschens för de Telekom – un Elke schenkt sick noch ’n Kaffe in.

Ehrlich geseggt: mi steiht de Sinn no Obendbroot — doch wenn ick nu mit Updecken anfang, denn heff ick bumms de ganze Bagoog an’n Disch sitten un denn geiht dat in ene Tour: Smeer mi mol even ’n Broot mit Mettwust – un för mi een mit Kees! Un för mi ook! Ick heff Dorst! Un worum gifft dat kiene Pommes?

Nee, velen Dank.

Klock söven höör ick wedder Elke ehr Stimm: Kinner, nu kommt overs mol in de Puuschen. Morgen fröh geiht’t wedder no de School. Wi mööt no Huu-u-us!

Wi mööt no Hu-u-us! Denn goht doch endlich no Huus!

Och Elke. Blots noch dissen Film, blots noch disse CD, blots noch even bi Patrick anropen.

As de Klock up halv acht togeiht, fangt Elke an, de Anoraks un Schooltaschen tohooptosammeln. Un ick söök al mol de Schoh, denn geiht dat glieks wat gauer.

Doch nu kümmt erst de

»Kann-Jessica-hüüt-nacht-nich-hier-slopen?«-Debatte. »Un Moni un Lena ook!«

Nee! Also, nee, Kinner, inne Week wullen wi dat doch nich.

Schall ick jo seggen, wenn Elke endlich ehr Göörn anplünnt, de Schooltaschen tohoopsammelt un allens in ehr Auto verstaut hett? Um twintig no acht. Denn is ook al de Tagesschau vörbi. Of Ji mi dat glöövt oder nich: ick mag Elke un ehr Kinner – un twors an'n leevsten, wenn ick ehr von achtern seh.

Schlummerparty

Wenn een twölf Johr oolt ward, denn is dat ja ganz wat Besünners, hett mien grode Deern tomindst seggt. 'n Kind is een denn ja woll nich mehr, overs een Teenager ook nich, dat fangt eerst mit darteihn an. Un wiel de twölfte Geburtsdag wat Besünners is, dorum mööt een ook 'n ganze utgefullne Party fiern, un twors een Schlummerparty.

Schall ick den Kamin ansmieten?

Nee, Minsch, Schlummerparty, dat heet, all miene Geburtsdagsgäste sloopt hier.

All? Woveel denn woll?

Teihn ut mien Klasse willt komen.

Teihn? Un wo schöölt de all liggen?

Na, in mien Zimmer, is doch woll klor.

Oha, heff ick dacht, de denn an annern Morgen as eerster de Döör openmoken deit, de kriggt ja een Slag — von den Mief. Ick segg: Meenst du nich, wi schullen diene Deerns nich noch een anner Komer anbeden — wegen de Luft, meen ick?

Nee, dat is ja just dat Schöne, all in een Komer — un wat heet hier Deerns? Dor sünd ook Jungs bi.

Wat?

Ja, natürlich. Fief un fief.

Also, segg mol...

Woso? Is wat? Nu höör bloß up, mi wedder allens to verdarven.

Ick heff nix mehr seggt. Overs, seggt doch ook mol: in een Komer! Also, mit de Jungs... Na, loot ehr man komen. Un se kemen. De Jungs in ehr open Turnschoh ganz lässig, de Deerns in enge Jeans, ook ganz lässig. Dat wurd Ovend, Klock negen, teihn – eerste Krise.

Mien Deern bekloogt sick: De Jungs willt nich danzen, snackt blots von HSV un St. Pauli. Klock ölven – nich veel beter: de Jungs sitt noch jümmers rum un willt nich danzen un so... Middernacht – un jümmers noch Disco ohn Danz. Dorför overs grode Kleiheree mit de Cola un de Soltstangen – von de Jungs natürlich. Wedder Larm un Striet. Mi lang't! Sluß, Fierovend! Rin in de Puuch. Nu ward de Luftmatratzen uppuußt – un de Platz knapp in mien Deern ehr Komer. Un do heff ick so seggt: Na, dor achtern is noch een lüttje Komer. Un de Jungs mit een Stimm: O ja, dor goht wi hen. Prima.

Na, Ji sünd mi ja schöne Helden, riet eenfach ut, wenn't spannend ward, wull ick just seggen, heff ick denn doch nich doon.

Klock dree weer de Schlummerparty endlich to Enn – un ick dootmöh, dorför overs wedder 'n beten klöker.

Up de Tankstee

För mi is dat Tanken ja jümmers so een Sook. Mit mien VW-Bus tank ick Bleefree-Normol, wat ja no Diesel de billigste Sprit is. Un dorum gifft dat an de mehrsten Tanksteen schien's ook blots een Tapphohn för Bleefree-Normol. De is also al foken mol beleggt, wenn ick komen do. Doch dat is't nich alleen. Bi'n VW-Bus sitt de Tankdeckel rechts, glieks ünner de Bifohrerdöör, un dat heet, ick mööt jümmer so up de Tankstee fohren, dat ick von rechts tanken kann, denn över so'n VW-Bus langst du meist nich mit den Benzinslauch oder du mußt eerst de Radioantenn rindrücken, dat se di nich dör den Slauch umknickt ward. Tanken is also för mi jümmers een rechte Upgoov un dorum – fohr ick een Tankstee an –, denn fleegt mien Oogen foors över dat Areal. Ick mööt to'n eersten gau rutkriegen, wo dat Bleefree-Normol gifft un to'n tweden, of ick den Wogen von rechts vulltanken kann. Jede Tankstee ward also von mi *scanned* un wenn bi dat Scannen rutkümmt, dat ick mi hier up minutenlang Töven instellen mööt, denn fohr ick eenfach wieder.

Güstern overs güng dat nich. Ick harr nich uppaßt

un doch glatt översehn, dat de Tanknodel nich blots in dat rode Feld wiesen dee, nee, se weer dor al meist wedder överrut, as wenn dor in jeden Momang de allerletzte Druppen dör de Benzinpump in mien Verbrennungsmaschin rinsogen ward – un denn stoh ick dor un mööt viellicht as de Keerl mit sien Aralkanister över de Straten klabastern. Nee, dat kümmt nich in Froog. Ick muß also hier tanken – un harr kien Glück. Direkt för mi weer een lütten un as dat leet hogelnejen Fiat Tipo up de Tankstee fohrt, de sick natüürlich utgerekent an den eenzigen Hohn för Bleefree-Normol stellen dee – von links, dat ick also achter em stohn un töven muß. Heff den Motor overs nich utmookt. Kann ween, he springt glieks nich mehr an. För so'n lütten Ogenblick mookt dat woll nix.

Een Keerl Marke *Alfred Biolek* stiggt ut un fangt an, umständlich den Slötel in seinen Tankdeckel to prökeln. Aha, kloorn Fall. He tankt woll dat eerstemol. Doch he kriggt dat hen, de Tank steiht open un nu will he ran an den Sprit. Doch he deit dat nich. He överleggt noch. Klor, he weet nich, of he in sienen nejen Fiat-Tipo wohrhaftig Bleefree-Normol tanken kann. Eenmol wat verkehrt mookt un batz is de Katalysator twei. Ja, lever vörsichtig ween. He hangt also den Tapphohn wedder in, dreit den Tankdeckel wedder rup, treckt den Slötel af un will nu den Tankwort frogen. Doch – nee, de Weg dorhen is doch wat wieder, un nu den hogelnejen Wogen so lang open- un alleen stohntoloten, dat will em nich gefallen. He slutt af un klack! all veer Dören sünd dicht. Zentralverriegelung. Un ick stell mienen Wogen ut. Doch – he troot den Freden nich. Ja, dat hett een doch al fokender höört, dat just bi neje Wogens de Zentralverriegelung noch nich so recht sluten deit. Also geiht he um sien hogelnejen Fiat-Tipo rum un probeert jede enkelte Döör, of se (riet) ook (riet) dicht is (riet) un he stellt fast (riet), dat se all dicht sünd.

Nu kann he also gau even röverlopen un frogen, doch *Alfred Biolek* is ook al'n beten in de Johren komen. He sluurt mehr as he löppt, un dat duurt sien Tiet bit he wedderkomen deit.

Ick denk so bi mi: he schall woll Super-Bleefree tanken möten un smiet mien VW-Bus al mol an, dat ick hier nich noch länger töven mööt. Doch neje Fiat-Tipos tankt Bleefree-Normol. Un ick stell mienen Wogen wedder af. Nu slutt he (klack) wedder sien Wogen open un prökelt denn den Slötel in dat Tankslott rin, kriggt dat ook open un kann nu tanken: Bleefree-Normol. He is ja een vörsichtigen Mann un hett dorum den Tapphohn up langsoom stellt. He will ja nich, dat sien nejen Wogen al glieks dör överswappt Benzin vullkleiht ward, un so duurt dat Tanken sien Tiet. Doch *Alfred Biolek* weet, wat he nu al twüschentiets moken kann. Ick seh, wo he ut sien

Handschohfack wat rutwöhlen deit. Kiek an, een lütt Book. Ja, genau, dor kann een genau indrägen, wenn een wo woveel Benzin tankt hett un kann denn utreken, woveel Liters so een Fiat-Tipo verbruken deit up 100 Kilometers un of dat ook mit dat övereenstimmt, wat von't Wark angeven ward.

He dräggt dat Datum in, kickt up sien Tacho: Kilometertohl upschreven un denn mookt dat ook al snapp! un de Tank is vull. Vörsicht kloppt he nu den letzten Druppen von den Tapphohn af, hangt in, dreit den Deckel up sien Tank un will nu betohlen, is ja klor. Un ick smiet mien Wagen nu al mol wedder an. Doch – ja, de Weg no de Kass is ja nich ganz kort un *Alfred Biolek* is nich mehr so goot to Foot un denn de hogelneje Fiat-Tipo, nee, he slutt lever af: Klack! Zentralverriegelung. Man – he is sick noch nich so ganz seker, of nu ook wohrhaftig all veer Dören to sünd, also geiht he um de Wogen rum un (riet) probeert (riet) an jede Döör (riet), of se ook tosloten (riet) is, un eerst as he weet, dat nüms em hier up disse Tankstee sien hogelnejen Fiat-Tipo stehlen kann, mookt he sick up'n Padd no de Kass un betohlt. Un ick mook den Wogen wedder ut. As ick em komen seh, smiet ick em wedder an un geev al mol 'n beten Gas, denn nu ward för mi doch bi lütten Tiet, dat ick wiederkoom. Doch *Alfred Biolek* lett sick Tiet. Sluurt ganz sinnig up sien hogelnejen Wogen to, lett (Klack!) de veer Knööp von de Zentralverriegelung hoochscheten un sett sick achtert Stüür. Doch he fohrt nich weg. Nee. Wat seh ick: he hett wedder sien lütt Benzin-Upschriev-Book herkregen. Klor, he mööt ja noch de Liters indrägen un denn utreken, woveel sien Fiat-Tipo up 100 Kilometers verbruken deit un of dat ook nich mehr is, as von't Wark angeven sünd. He söcht also nu den lütten Zedel, den he bi't Betohlen kregen hett. Dor steiht ja allens up: Pries un Liters. Doch de Zedel is weg. Viellicht in de Büxentasch – nee. Dammignochmolto. He stiggt wedder ut un will noch gau kieken, of he de Litertohl nich von de Tappsäule aflesen kann. Doch dat weer mol, fröher. Vondogen drückt se binnen up'n Knoop un rupps! steiht allens wedder up null. Dat helpt ja nu nix, he mööt dat ja weten. Also stiggt he wedder ut, speert Klack! de veer Dören von sien hogelnejen Fiat-Tipo af, will retour no de Kass gohn, doch is sick in dissen Momang wedder in'n Twiefel, of de Zentralverriegelung ook wohrhaftig all veer Dören afspeert hett, also geiht he um sien Wogen rum un (riet) probeert (riet) Döör (riet) um Döör (riet) un eerst as he fast övertüügt is, dat nüms em nu sien nejen Fiat-Tipo von disse Tankstee stehlen kann, geiht he los un ick mook den Motor von mien VW-Bus wedder ut.

Alfred Biolek kümmt nu bi de Kass an, un ick kann sehn, wo de Kassiererin mit de Schullern tucksen deit. Nee, nu kann se em dat ook nich mehr seggen. Doch – se wiest no buten – viellicht hett he den lütten Zedel ja in den Papierkorv dor vör de Döör smeten.

Ja, dat kann natürlich angohn.

Un wohrhaftig geiht *Alfred Biolek* nu bi un wöhlt as een Landstrieker in den Müllemmer rum, hoolt een verknückelt Stück Papier no't anner rut, kickt no, of disse hier nich – nee, de kann't nich ween, over viellicht ja de hier – ook nich, bit he toletzt een finnen deit, de em toseggt. Den nimmt he an sick un kümmt no sien hogelnejen Fiat-Tipo retour, lett de Dörenknööp von de Zentralverriegelung hochklakken, sett sick denn achtert Stüür un dräggt de Liters in sien lütt Benzin-Upschrievbook in, rekent denn ut, woveel Liters sien Wogen verbruken deit un – nee ook doch – he strohlt. *Alfred Biolek* lacht över't ganze Gesicht. Een Viddel Liter minner as von't Wark angeven. Rümmmm! De Motor ward ansmeten – un los geiht de Fohrt.

Un ick? As he mit sien Zedel von den Kass komen dee, heff ick natüürlich al den Zündslötel umdreiht, denn mi seet ja nu wohrhaftig de Tiet in'n Nacken, blots – mien Wogen wull un wull nich mehr anspringen. Nu weer de Tank totool leddig. Ick muß also utstiegen un den VW-Bus de letzten fief Meters schuven – alleen.

Un dat sünd denn so Ogenblicke, wo ick denken do: Egentlich muß dat doch ook ohn Auto gohn.

Telefonzelle auf Baltrum

Wenn een, so as wi, Urlaub up so'n lütt Eiland as Baltrum moken deit, denn is dat schönste ja dat Telefonieren no Huus. Goot, up Baltrum steiht meist an jede Eck een Telefonhüüsken, blots, is jo ook al upfullen, dat all de Kurgäste jümmers tohoop um Klock söß ovends anropen mööt. Weet ick ook, wiel dat denn billiger is. Mööößt du also Schlange stohn. Nu weer dat ja anner Johr so warm, dat nüms dat in sien Zelle uthooln hett. Sauna! Jedereen hett bi't Telefonieren so mit'n Foot de Zellendöör openhooln un denn mit sien Lüüd tohuus snackt. Du hest also, of du wullt oder nich, allens mithöört, mitanhöörn mußt, wat de Minschen twüschen Baltrum un Berchtesgarden sick ovends Klock söß so dringend, so brootnödig to vertellen harrn.

Eerstigmol mööt ja jedereen berichten, dat he hier up Baltrum goot ankomen is, nee, Stau blots so'n beten bi Bremen, denn weer't allens goot gohn. Un to eten? Ja, prima, wenn ook...

Nee, Omma, dat Schnitzel is nich so als wenn du dat machen tust.

Aha, Rheinland.

Un wat macht der Opppa gerade? Is am Fernsehkucken. Un trinkt er auch sein Kölsch? Ja, bestell ma schöne Grüße, woll.

Vör mi stunnen overs noch so söß, söven Lüüd — un wat de allens to vertellen harrn, dat klung denn so:

Hefft Ji den Postkasten ook losmokt un de Zeitungen rinhoolt? Ja, klor, de köönt denn weg. Wat? Nüms is dootbleven? Man goot. Opa is dat Gebitt tweifullen? Ohh? Un de Tähnarzt hett Urlaub? Schood. So, nu gifft't blots noch Kartuffelbree. Kann ook lecker ween, seker, kümmt up de Sauce an. Un dor Spinat to. Un denn ornlich vermusen. Ja, mit'n Mixer. Türlich, mööt Ji ook mol no Baltrum herkomen. Just för di mit dien Asthmo. Also goot, is kien Asthmo. Ward di over liekers gootdoon, de Seeluft. Nee, hier is dat ook warm, overs nich so as bi Jo. Man hööрt ja soveel in't Radio, vonwegen 32 Grod. Nee, hier nich. Wi sünd hier doch an de See, Minsch. Hier weiht jümmers de Wind, steife Brise, klor doch. Steiht nich blots in't Prospekt, dat is so.

Ja, nette Lüüd in de Pension, kann man anners nich seggen. Dat heet, de Fro mookt dat ganz alleen, de Mann is vör twee Johr sturven. Nee, is nich licht, kann een sick denken. Vergeet blots nich de Blomen boben vör't Komerfinster. Wat för Blomen? Segg mol, dat heff ick di doch woll teihnmol... Ja, glieks... Tööv bit de Sünn weg is, anners verbrennt de. Wat? Dor hest du noch nix von hööрt? Is overs so.

Hest du dor noch Töne? So, Wittmans sünd no Gran Canaria. Is doch infallslos, jedet Johr no Gran Canaria. Overs, Hertha, hier möößt du ook mol herkomen. Un is gor nich so düür. Klor Kurtaxe. Möößt du betohlen. De Korten ward overs nie nich kontrolliert. Is doch ook al wat. Stell di vör: Otto harr sien Scheckkort verloorn. Weg. Narrns to finnen. He wull de al speern loten. Ja, hett he wedderfunnen. Du roodst jo nich, wo de leeg? In mien Reiseneccaissaire. He hett de Fingernägelscheer söcht, wiel em an'n Ringfinger so 'n lütt Stück Nogel so rutkieken dee. Dat kann ja ganz lästig ween. Bliffst överall mit hoken. Heff ick ook mol hadd, as wi mit de Karkengemeend den Utflug no Bad Sachsa mookt hefft. Ja, vör twee Johr. Weet ick, büst du nich mitween – wegen Manni. Weet ick. Un nüms harr so een lütte Nägelscher bi sick. Du glöövst ja nich, wo ick von dissen lästigen Nägelhoken afkomen bün: De Pastor hett mi den afbeten.

Knack, weg. Bün ick em hüüt noch dankbor för. An de ole Fro Meyer schriffst du een Troerkort, ook in usen Nomen. Kien Kranz. Nee, also höör mol. Goot, Nober hen, Nober her. De harr us ook kien Kranz schickt. So, de harr noch 'n Nichte in Köln. Heff ick gor nich wußt. Ja, dat Kellerfinster kann ook nachts openblieven... Nee, dor stiggt doch woll nüms rin. Dat heet, just in de Urlaubstiet... Mook man doch lever to. Schood ja nix. Man goot, dat ick noch vörher no'n Frisör ween bün. Geiht hier blots up Anmeldung. Un of de dat denn so schön mookt as in'n Salon Gertrud. Nee, wat dat angeiht bün ick egen.

Ja, heff ick höört. Schrecklich, un dor hefft wi vör acht Johr noch Urlaub mookt. Du glöövst jo nich, wen wi hier dropen hefft? Up de Fähre al. Ick heff Bernhard glieks so een in de Rippen stött un heff seggt: Nu kiek mol an, mit wat för Lüüd wi tohoop Urlaub moken doot!

Nee, nich Ewald un Martina, de sünd doch in Tirol, goot, Süd-Tirol. Nee, dor kummst du nich up, dor kummst du in all dien Doog nich up: Bernd Schröder mit sien neje Fro. Wat? Dat hest du nich wußt. Vör twee Johr doch al. Huus verkofft, se hett dat Auto kregen, he den Wohnwogen. Ja, in'n Goden. Se sünd as Frünnen ut'nannergohn. Sien neje Fro? Nee, kenn ick nich, heff ick nich kennt bit nu. Klor, he hett se us vörstellt. Nett, un seggt nich veel. Overs, ick heff noch seggt to Heinz: So klein ist die Welt. Heff ick noch seggt. Ja, Heinz lett di ook gröten. Du, dat kann ick di hier nu nich all vertellen, overs wi weern ja sowat von de Socken. Bernd un sien neje – hier up Baltrum. Dat gifft't doch nich. Ja, wi hefft den Fön vergeten. Heinz de süht ut no'n Boden... Nee, kien Badeverbot. Gegendeel. Seehunde satt. Ja, ja. Beer kost hier 4,50 Mark. Dat grode Glas? Weet ick nich, 0,4 oder 0,5. Ja, is 'n Unnerscheed – för Beerdrinkers. Kaffee dree Mark. Tja, willt ook leven de Lü.

Wat? Nee! Du hest em al doot funnen? So, he hett

drunken bittoletzt. Schorsch, Hansi is doot. Nee, Marichen, dor kannst du nix an moken. Ja, segg mol, Schorsch, wo oolt is Hansi? Twölf? Twölf 'n halv. Weet ick nich. Wo oolt köönt so Kanarienvogels warrn? Ja, dat is een goot Oller. Nee, de Kinner vertellt wi dat noch nich. Is fröh genoog, wenn wi no Huus kommt.

Och so. Ja. Schorsch, wat meenst du? Marichen kann doch Hansi in de Bio-Tunn smieten? Ja, is doch Bio? Nee, nich in Plastik inwickeln. Natürlich kannst du em so anfoten. Na, denn nimmst du een Tempotaschendook. Is ook Bio... ja, Bio-Papier.

(Piep! Piep/Piep)

Nee, kien Störung, de Telefonkort is to Enn. De arme Hansi. Och ja, ick schall ook von Schorsch gröten und grööt du Tanti...

Tanti... nich vergeten: TANTI.

Gröten!

Un denn in de Biotünn!

Klassentreffen

Wi leevt doch all von dat Besinnen up fröher Tieden. Un ick finn, dat höört doch mit to dat Schöönste up de Welt, wenn een no lange Johren ole Frünnen wedderdropen deit. So weer dat bi mi annerletzt ook. Ick sitt in'n Zug no Bremen, as up mol de Döör von mien Afdeel upschoven ward – un: Dat is doch... ja, dat is doch... wo heet he man noch? Jawoll: Henning Martens. Mathe fief, overs anners ganz bruukbor. He hett mi nich foors kennt. Typisch: denk blots an sick. Wo anner Lüüd dat geiht, is em schietegol.

Ick segg blots: Moin, Henning. Un mehr nich. Hah. Dat is wat för mi. Dat Gesicht harrn Ji sehn mußt. Baff, de Keerl. Stund dor to blaubecken.

Doch denn: Moin, Gerd. Wo geiht't?

Häh, dat harr ick nich dacht. So gau hett he mi wedderkennt. Wi kemen denn so bi lütten in'n Snack. Stell Jo vör: Henning Martens, disse Niete in Mathe, de is nu Leiter von so'n Raiffeisenkass. Fehlt mi de Wöör. Wat heff ick mi quält mit disse blöde Rekneree, von Wuddeltrecken över Geodreeck bit hen to Differenzial – dat ick man jo noch 'n veer kriegen dee. Un woför? froog ick Jo. Ook mit 'n fief kannst du wat warrn. Na. loot em. Sien Raiffeisenkass is ja ook buten up'n Lannen. De Buurn sünd dor ja jümmers noch vörsichtig wat Banken angeiht. De bewohrt ehr Geld foken noch lever ünner't Koppküssen up – un statts Banktresor-Safe – löppt buten up'n Hoff een groden Hund, de blots eenmol up'n Dag wat to freten kriggt. Dat mookt em scharp.

Ick sä: Henning, schöölt wi nich all de olen Klassenkameraden un Klassenkameradinnen natürlich ook, schullen wi de nich mol all tohoopholen to een groot Klassentreffen. Kiek, us letzte Schooldag, de liggt nu ja al meist 25 Johr trügg. Dat weer doch spannend, de all mol wedder to sehn. Denk doch blots mol an Klaus Bargmann oder Heiner Schröder, Irmtraut Kröger oder Anne de Bur. Un wo heet se noch all: Gabi Schomaker, Elke Wiemer, Dieter Onnen un denn de Schoolmesters: Mayer mit a-y, Stammer, Peters, Ramin un so.

Ja, ja, sä Henning wat nadenkern, blots, ick gloov, dat is all nich so eenfach.

Woso?

Denk doch blots mol an Elke Wiemer...

De ene Tiet doch so achter di an weer...

Man goot, dat ick se nich nohmen heff...

Worum?

Siet söven Johr al doot!

Nee!

Doch!

Nee!

Doch!

Mann! Wo kann nu sowat angohn?

Du weeßt doch, se hett no de School ja glieks Erwin Frerichs heiroot, de ut de Parallelklass – un dat weer ja so'n Oorts Afrikafohrer – up Schipp, Stüürmann oder so. Na ja, se denn ja mitföhrt, rin in'n Urwald, zack, kümmt een Tsetsefleeg, piekt ehr, Malaria, retour no Düütschland, rin in't Tropenkrankenhuus, verkehrt behannelt, doot.

Donnerslag – un Erwin?

De weer baff. Is nich steken worrn, weer nich in't Tropeninstitut, is nich verkehrt behannelt worrn un is ook doot.

Nee!

Doch!

Nee!

Doch!

Mann! Wo kann nu sowat angohn?

As he sien Elke in't Tropenkrankenhuus besöcht hett, is he – noch ganz in Gedanken – bi gröön över de Footgänger-Ampel lopen. Rums, keem een Laster – du weeßt doch, in Hamborg koomt bi gröön jümmers Lasters – un fohrt em över. Knee totol twei. Foors von't Tropeninstitut no't Barmbeker Krankenhuus, wo eem Prof. Dr. Dr. glieks ünner't Meß nohmen hett – noch even so twüschen Kaffee un

Fierovend. Als he wedder upwoken dee, stunn de Foot no achtern. He ja liekers upstohn, lang hensloon up den Krankenhuusbodden, sick glieks en bakterielle Infektion hoolt, doch de hefft se in't Krankenhuus nich wohrhebben wullt: Bi uns is allens steril! Twee Doog loter...

Doot?

Hooch Fever, denn doot.

Dunnerslag.

Nich veel beter hett dat ja Heiner Schröder gohn...

Nee!

Doch!

Nee!

Doch!

Vertell!

...de kreeg ja upmol so'n gräsige Allergie – gegen Aluminium.

Sowat gifft't?

Klor. Un du glöövst ja nich, wo överall Aluminium in un an is. Heiner much ja so geern Cola drinken, weeßt ja noch. Geiht an'n Strand, köfft sick een Döös Cola, psst! openreten, ran an'n Mund – Allergie. Is he ganz root anlopen un hett meist kien Luft mehr kregen. Batz tosomenbroken. Leeg he dor up sien Handdook, knallrot. Sünd sogor noch Bekannte von em vörbikomen un hefft seggt: Heiner, paß man jo up dien Sünnenbrand up. Dat is nich gesund, so lang in de Sünn to liggen. Tja, dat is Avend wurrn un Nacht...

Nee!

...de Minschen sünd no Huus gohn...

Nee!

Doch! Un de Floot is komen...

Nee!

...un nüms hett mehr wat sehn von uns Heiner.

Dunnerslag.

Un Klaus Bargmann?

Wohnt in Winsen an der Luhe.

Gott, de arme Jung.

Un Georg Backhus, Schorsch?

De hett sick uphungen.

Gott, dat süht so bummelig ut.

Un wat is mit Irmtraut Kröger?

De flotte Irmi, wo wi all so achteran weern?

Du weerst achter ehr an...

Ja, un du hest ehr ook nich kregen.

Na ja, wat is mit ehr?

Verschütt gohn.

Dat hett se dorvon. Harr se mi nohmen...

...denn weerst du amenn ook nu nich mehr up disse Welt.

Nee!

Doch!

Nee!

Doch!

Vertell!

De harr't doch jümmers so mit de Deerten.

Wat?

Ja, de wull doch *Tierpflegerin* warrn. Un hett se denn ja ook mookt. Johrelang mit de Urang-Utans in een groden Zoo in Frankfurt arbeit, weeßt doch, bi dissen Prof., de jümmers so'n Open up'n Arm harr, den Noom kann 'n jo nich utspreken, also för den sünd ja de Deerten beter as de Minschen. Un hett se ja so an gloovt, wat de Prof. ehr vörtüünt hett...

...du meenst, dat de Deerten beter sünd as de Minschen...

...dat meen ick, un hett se dor fast an gloovt. Toletzt hett se dor sogar so fast an gloovt, dat ehr de Minschenopen, also de Urang-Utans as de slechtesten ünner de Deerten vörkomen sünd, wiel se ja de Vörlöper von us Minschen sünd, dor hett se den Prof. froogt, of he ehr nich versetten kunn no de Krokodile.

Nee!

Doch!

Un de Prof., de hett ja een groot Hart för siene Mitarbeiters hadd un hett seggt: Ja, kann losgohn. Toletzt hefft ehr genau 18 Doog an de fief Johr *Betriebszugehörigkeit* fehlt. Harr Dieter tomindst doch noch 'n lütte Rente för ehr kregen.

Dieter Onnen?

Ja.

De hett ehr heiroot?

Ja.

Nee!

Doch!

Harrn se denn kein Unfallversekerung?

Doch, harrn se. Blot Dieter kunn ja nich nawiesen, wo sien Irmi afbleven weer. *Spurlos verschwunden!* Un denn betohlt de Versekerung nix.

Dat mööt ja al ganz gau gohn hebben.

Tja, du weeßt doch, se weer de flotte Irmi. Achter ehr weern se all achteran, ook de Krokodile.

De arme Dieter. Wat mookt de denn nu?

Koma.

Nee!

Doch!

Nee!

Doch!

Vertell.

Dat weer ja egens een ganz harmlose Geschicht. Blinddarm. Verkehrte Narkose, batz, weer't al passeert. Dreeundörtig Doog nu al.

In dree Dog ward he denn ja utstüürt.

Stimmt! Blots he ward dat nich gewohr.

Un segg mol, wat is egens ut us Schoolmesters worrn? All doot?

All noch nich, over de meisten. Weeßt du, Schoolmesters ward ja nich so oolt. De mehrsten goht mit 50–55 up Rente, de annern landt in de Klappsmöhl.

Nee.
Doch!
Nee!
Doch. Wi bruken blots halv soveel psychiatrische Kliniken, wenn dat kien Schoolmesters geev.
Is dat wohr?
Us Physiklehrer Mayer is ja ook verrückt worrn.
Mayer mit a-y?
Just de. Dat is ja tragisch ween mit em. Sien Leven lang hett he de Schölers...
...un Schölerinnen...
...ja, un Schölerinnen, de hett he de Grundbegriffe von dat physiklische Leven bibröcht un weet sülvst toletzt nich mol mehr, wo bi em tohuus in de Steekdöös plus un minus sitten deit, kriggt 'n Slag un — ut!
Nee.
Doch!
Nee!
Doch!
Mann!
Un dat slimmste weer denn ja de Geschicht mit sien Beerdigung. Up sien Graffsteen schull ja de Spröök stohn:

Voll Spannung war sein Leben.

Dat harr he in sien Testament so verlangt. Doch dat wull sien Fro nich. Se hett den Steenmetz denn updrogen, he schull schrieven:

Es irrt der Mensch, solang er strebt.

Un dat hett he denn ook doon un schreev Mayer nich mit a-y, he hett dat mit e-y schreven. Dor hett nu sien Fro sick so över upreegt, dat se batz ook een Slag kregen hett un nu al gegen ehrn Mann liggt.

Nee!

Doch!

Nee!

Doch!

Un as wi al kort vör Bremen weern, do sä ick denn so to Henning:

Tja, ick mark al, dat ward woll nix mit us Klassentreffen.

Dor hest du woll recht, sä Henning. Doch segg mol, Gerd, wo geiht di dat egens, büst doch al so'n beten in de Johren komen...

Och weeßt du, mi fehlt ja anners nix, blots in de letzte Tiet heff ick hier in de Siet jümmers so' Rieten... Wat meenst, schull ick dor nich mol mit no'n Dokter gohn?

Dat kannst du natürlich doon. Blots segg mi doch noch even: Wat schall up dienen Graffsteen stohn?

Gerd Spiekermann

schreibt das Plattdeutsch unserer heutigen Zeit – frech, witzig und absolut treffend!

Goh mi af!

Nich mit mi!

Alltägliches vortrefflich in Szene gesetzt, das zeichnet seine plattdeutschen Geschichten aus. Er erzählt lebensnah und verblüffend ehrlich und hält seinen Lesern dabei einen Spiegel vor – sie erkennen sich und ihre eigenen Reaktionen auf die geschilderten Begebenheiten wieder!